Shirley Hazzard

BEGEGNUNG AUF CAPRI

Erinnerungen an Graham Greene

Aus dem Amerikanischen
von Anna Kamp

Paul Zsolnay Verlag

Die Originalausgabe erschien erstmals 2000
unter dem Titel *Greene on Capri. A Memoir*
im Verlag Farrar, Straus & Giroux in New York.

Für die Übertragung einzelner Gedichte ins Deutsche
bedanken wir uns bei Werner von Koppenfels.

1 2 3 4 5 06 05 04 03 02
ISBN 3-552-05201-1

Satz: Eva Kaltenbrunner-Dorfinger, Wien
Druck und Bindung: Clausen & Bosse, Leck
Printed in Germany

Für F. S.,
der alles miterlebt hat.

An einem Dezembermorgen gegen Ende der sechziger Jahre saß ich im Gran Caffè an der Piazzetta von Capri am Fenster und löste das Kreuzworträtsel in der Londoner *Times*. Es regnete schon seit Tagen, und die hoch aufragende Felswand des Monte Solaro war dunkel verhüllt. Eine stürmische See und die vorübergehende Einstellung des Fährverkehrs von Neapel hatten zur Unterbrechung der Lieferungen vom Festland geführt, und die gerade eingetroffene Zeitung war mehrere Tage alt. Die wenigen anderen Tische im Café waren unbesetzt. Hin und wieder kam ein durchnäßter Caprese herein, ein Arbeiter oder ein Geschäftsinhaber, um an der Theke einen Kaffee zu trinken. Die nasse Kleidung und der Espresso dampften, man hörte das Klappern und Klirren kleiner Tassen und Löffel, kurze Unterhaltungen im Dialekt. Es war kurz vor Mittag.

Zwei hohe Gestalten unter Regenschirmen erschienen auf dem leeren Platz und kamen mit großen Schritten auf das Café zu: zwei Engländer, beide in

Regenmänteln, und der eine, der ältere, mit einer schwarze Baskenmütze auf dem Kopf. Der Mann mit der Baskenmütze war Graham Greene. Ich erkannte ihn – wie jeder ihn erkannt hätte; außerdem hatte ich ihn schon in der Vergangenheit auf Capri gesehen, im Restaurant Da Gemma in der Nähe der Piazza, wo er an einem Ecktisch mit Catherine Walston, seiner Lebensgefährtin und großen Liebe der Nachkriegsjahre, zu Abend aß. Das war in den späten fünfziger Jahren; damals besuchte ich Neapel und Capri von Siena aus, wo ich regelmäßig einen Teil des Jahres verbrachte. Es war allgemein bekannt, daß Greene in der Stadt Anacapri, im höher gelegenen Teil der Insel, ein Haus besaß, das er seit vielen Jahren treu, wenn auch nur sporadisch, aufsuchte.

An diesem feuchten Dezembermorgen betraten Greene und sein dunkelhaariger Freund das Gran Caffè, hängten ihre Mäntel auf und setzten sich an den kleinen Tisch neben meinem. Ich löste weiter mein Kreuzworträtsel, doch es war unmöglich, das Gespräch meiner Nachbarn nicht zumindest teilweise mit anzuhören. Graham Greene hatte nicht etwa eine laute Stimme, doch er sprach eindringlich und ausdrucksvoll, er senkte die Stimme nur, wenn er Nebensächlichkeiten oder Vertrauliches mitteilen wollte. Die Stimme war individuell, aus der Zeit, bevor in England die Kultur verflachte, als die Art eines Menschen zu sprechen, unabhängig von seiner Klassenzugehörigkeit, noch ein persönliches Ausdrucksmittel sein konnte, das in der

Unterhaltung andere in seinen Bann schlug. Ich hätte so oder so bemerkt, was er sagte, denn er begann, aus einem Gedicht von Robert Browning mit dem Titel »Die verlorene Geliebte« zu zitieren. Das Gedicht fängt so an:

Alles vorbei dann: klingt die Wahrheit bitter?

Doch die Stelle, die Greene besonders interessierte, kommt später:

Und sehn wir uns, wie immer, morgen, Liebe?
Darf ich mit meiner deine Hand umfassen?
Bloß Freunde jetzt – nur, die bloß Freunde blieben,
Behielten viel, das ich jetzt lasse.

Er zitierte auch noch die abschließenden Strophen, konnte sich jedoch nicht an die letzte Zeile erinnern. Die Zeilen, die er rezitierte und dann noch einmal wiederholte, lauten:

Doch sag ich nur, nach bloßer Freunde Art,
Oder um einen Bruchteil wärmer:
Ich nehm die Hand, solang wie jeder darf,

An die allerletzten Worte konnte er sich nicht erinnern. Er kam mehrmals darauf zurück, versuchte sie seinem Gedächtnis zu entlocken, aber es gelang ihm nicht.

Als ich meinen Kaffee getrunken und mein Rätsel gelöst, bezahlt, den Regenmantel angezogen und den Schirm aus dem Ständer genommen hatte, sagte ich: »Die Zeile lautet

Oder ein ganz klein wenig länger.«

Ich ging sogleich fort, durch den Regen zurück zum Hotel San Felice, wo wir damals wohnten, wenn wir auf Capri waren, bis wir, kurz nach diesem Besuch im Dezember, in einem alten Haus eine einfache Wohnung mieteten, die das nächste Vierteljahrhundert unser Nest auf Capri sein sollte. Francis – mein Mann, Francis Steegmuller – wartete auf mich. Und natürlich erzählte ich ihm, was ich erlebt hatte – es war schon zu einer richtigen Geschichte geworden. Francis hatte Greene ein paar Jahre zuvor in New York kennengelernt, als Greene mit seiner Frau Vivien eine Nachkriegsreise durch Amerika machte, von der er wenig gute Eindrücke mitbrachte. Später hatten Francis und Graham vorübergehend miteinander korrespondiert. Die Begegnung am Morgen auf Capri kam mir – und kommt mir noch heute – wie eine Episode aus einem Roman vor, einem richtigen, guten, alten Roman. Und ich könnte mir vorstellen, daß es Graham Greene ebenso erging.

Als wir an diesem Abend an unseren Tisch beim Kamin im Restaurant Da Gemma kamen, erhoben sich Graham und sein Freund Michael Richey und begrüßten uns. Wir aßen gemeinsam. Und so begannen die Jahre unserer Begegnungen mit Graham Greene auf Capri.

Ein oder zwei Tage später lud Graham uns zum Lunch in sein Haus in Anacapri ein. Bei etwas besserem Wetter fuhren wir mit dem Bus die schwindelerregende Straße am Monte Solaro hinauf, dem höchsten Dolomitmassiv der Insel. Wir stiegen an der Piazza Caprile aus – der äußersten Enklave der kleinen Stadt Anacapri, die sich über einen Kamm am Hang des Solaro erstreckt – und legten die rund zweihundert Meter bis zu Grahams Pforte zu Fuß zurück. Il Rosaio, so der Name des Hauses, den es sich mit einem angrenzenden Anliegen teilt, existiert in seiner gegenwärtigen Gestalt seit ungefähr 1922. Es gehört einer Epoche an, in der die ältesten rustikalen Häuser Capris – kompakt, überkuppelt und gerundet – einigen kosmopolitischen Bewohnern der Insel und besonders einem beratenden Bauingenieur Capris, Edwin Cerio, als Modell für die Errichtung reizender Häuser dienten: weiß, aber nicht grell, solide gebaut, aber nicht erdrückend, nicht luxuriös, aber bequem, dem Klima und der Umgebung angepaßt. Zwei Dutzend oder mehr dieser Häuser, jedes anders, aber alle ihrem Stil nach verwandt, sind über die Insel verstreut, die meisten noch immer in privater Hand. Die Gefahren einer so gleichförmigen Bauweise, die spröde oder verspielt wirken könnte, wurden längst durch Capris Klima gebannt: Jahreszeitlich bedingte Wechsel zwischen Gluthitze und Nässe lassen jedes ordentliche, dauerhafte Bauwerk verwittern und verleihen ihm seine Authentizität. Das üppige Wachstum der Insel, die Blumen, Sträucher und Weinstöcke tun ein übriges.

Die schmiedeeiserne Pforte von Il Rosaio ist in den Bogen einer hohen weißen Mauer eingesetzt und mit einer Glocke und einem Glockenzug versehen. Man betritt einen abgeschiedenen Garten, der an Griechenland oder Nordafrika erinnert und auch heute noch charakteristisch ist für viele Häuser auf Capri, wo die Geschichte der Insel – die Sarazenenüberfälle vom Meer her – und die einst zwingenden klimatischen Erfordernisse in bestimmten, überall im Mittelmeerraum verbreiteten Mustern fortleben. Einander kreuzende, mit alten rosa Ziegelsteinen gepflasterte Pfade führen wie in einem Kindheitstraum zur dunklen Haustür. Die leichte Andeutung eines Labyrinths mag den Autor der »Fluchtwege« fasziniert haben. Das Haus selbst ist klein, das Erdgeschoß besteht aus vier Zimmern, der erste Stock aus einem einzigen, an ein Gesims erinnernden Raum. (Zu einem späteren Zeitpunkt ließ Graham einen Teil des flachen Dachs als überdachte Terrasse ausbauen. Man blickt von dort auf den langgestreckten westlichen Hang der Insel zum Meer hinab und weiter auf das kegelförmige Ischia am Horizont und auf extravagante zinnoberrote Sonnenuntergänge.) Das Anwesen – von gestrengen Autoren, die über Greene geschrieben haben, mit üppiger Phantasie als eine Stätte von sybaritischem

Luxus beschrieben – entspricht einer englischen Vorortvilla mit dem dazugehörenden hübschen Grundstück. Der eigentliche Grund für diese besondere Kritik mag sein, daß Il Rosaio eben nicht in einem Vorort liegt, sondern auf Capri.

Kiefernzapfen und Holzscheite brannten in dem konvexen Kamin des kleinen Wohnzimmers, wo wir mit Graham und seinem Hausgast Michael Richey Drinks zu uns nahmen. Richey, ein Schriftsteller, Bildhauer, Graphiker, einsamer Langstreckensegler und viele Jahre lang Direktor des Royal Institute of Navigation, hatte Graham 1940 in London kennengelernt. Seither hatten sie – mit einer durch Kriegsdienst bedingten Unterbrechung – ihre Freundschaft aufrechterhalten. Wir kamen sogleich ins Gespräch, der intime und schlichte Rahmen trug dazu bei. Da waren Bücher, ein paar kleine Gemälde (»das hier ist von einer früheren Freundin«), eine neapolitanische Krippenfigur der Madonna aus dem 18. Jahrhundert unter einer Glasglocke. Das Ganze unbeschwert, angenehm, behaglich, ohne Schnickschnack.

Die hohe Decke des Raums gipfelt in einer Miniaturkuppel oder sogenannten Laterne aus zusammengefügten Glasscheiben, die an dunklen Tagen zusätzliches Licht abwirft. Der Fußboden besteht aus alten weißen Fliesen und ist umrandet von Fliesen mit grünen Blättern und gelben Blumen. Fliesen von solcher Qualität und Haltbarkeit, bis zu fünf Zentimeter dick, waren jahrhundertelang kennzeichnend für neapolitanische Fußböden und Ausstattungen; im 18. Jahrhundert wurden daraus dann ganze polychrome Darstellungen in Kirchen, Klöstern und Palästen der Region. In der näheren Umgebung kennt man sie als *le riggiole*; sie werden einzeln gebrannt und können heutzutage nur für teures Geld reproduziert und gelegt werden. Noch schöner werden die Fliesen durch die taktile Reinheit einer leuchtenden und doch angenehmen Glasur, deren leichte rosa Tönung – wie im Falle der weißen Böden in Grahams Haus – auf die darunterliegende Terracotta hindeutet.

In einem Eßzimmer, wo das Winterlicht durch eine Reihe hoher, schmaler Fenster hereinfiel, wurden uns Pasta und Huhn serviert von Carmelina, die sich mit ihrem Ehemann Aniello und ihrer Familie um Graham kümmerte, wenn er da war, und das ganze Jahr hindurch Haus und Garten versorgte. Klein und kräftig gebaut, ein buntes Tuch um ihr lockiges graues Haar gebunden und mit einer großen Schürze über ihrem dunklen Kleid, war Carmelina das Inbild der hart arbeitenden, gutgelaunten Capreser *massaia* ihrer Zeit: starke Frauen, nicht ohne Ironie, eng verbunden mit dem Land und den Jahreszeiten, dem Wetter, der Ernte, dem Wein, wie auch mit dem Alltag der Kirchengemeinde und dem lokalen politischen Leben, und, am engsten, mit der eigenen Familie.

Viele Frauen dieser Generation haben die Insel nur selten verlassen, und sei es nur für eine Tagesreise nach dem dreißig Kilometer entfernten Neapel.

Die gemeinsamen Stunden gingen im Gespräch und mit Gelächter flugs dahin. Wir tranken reichlich von Anacapris reinem leichten Rotwein, der schon damals rar wurde. Das Vergnügen empfanden offensichtlich alle, und ebenso die leichte Erregung angesichts dieser merkwürdigen winterlichen Begegnung auf einem Felsen im Mittelmeer: ein kurzes Abenteuer, belebt durch das, was Graham am meisten schätzte – das Unerwartete.

Graham war damals Mitte Sechzig, Francis zwei Jahre jünger, Michael Richey Ende Vierzig. Ich war in den Dreißigern. Graham und Michael waren Katholiken; Graham war während seiner jugendlichen Ehe konvertiert. (Jahre später, nach Grahams Tod, schrieb mir Michael: »Ein Band – wenn das kein zu hochtrabendes Wort ist – war der Katholizismus, ohne den es nicht dasselbe gewesen wäre.«) Francis, der in einer katholischen Familie aufgewachsen war, hatte sich schon in früher Jugend von der Kirche abgewandt. Ich selbst war als oberflächliche Anglikanerin herangewachsen. Alle vier waren wir, als Schriftsteller und Leser, Teil einer Welt, in der das Wort, ob gesprochen oder geschrieben, an oberster Stelle stand. Wir waren begünstigt durch »den unausbleiblichen Trost, den richtige Sprache mit sich bringt«, wie John Bayley es einmal formuliert hat. Wir waren alle, auf unterschiedliche Weise, gesellig und doch Einzelgänger.

Grahams schütteres Haar war ergraut und sollte bald weiß werden. Sein leicht gebeugter Gang und seine

Körperhaltung ließen eher an den englischen Schuljungen als an den alternden Schriftsteller denken: Bis in seine letzten Lebensjahre wurde er als der aufgeschossene, schmalschultrige, in sich selbst versunkene junge Mann wahrgenommen. Seine einzige körperliche Betätigung war das Wandern – und er war quer durch Länder und über Kontinente gewandert –, aber sein Körper hatte eine lockere Beweglichkeit, da er sein Leben lang – wie ihm bewußt war – dünn, schlaksig, flink und groß gewesen war. Seine Hände fielen einem sofort ins Auge: schmal, kräftig und energisch, zart, aber ausgesprochen männlich, mit spitz zulaufenden Fingern; die Handflächen waren vermutlich leicht von der Dupuytrenschen Kontraktur befallen, bei der ein Streifen verhärteten Gewebes progressive Verengungen des Muskelpolsters zur Folge hat. Diese Hände, die auch im Ruhezustand vibrierten, verrieten eine unverminderte Fähigkeit zum Zupacken. Bei Tisch stützte Graham gewöhnlich das Kinn oder die Wange in die linke Hand, wie er es wohl auch tat, wenn er arbeitete – nicht in der beschaulichen »Georgianischen« Pose mit einer sich nach oben zuspitzenden Hand, sondern mit geballter Faust, so daß die Knöchel hervortraten. Oder seine Hand lag mit leicht gespreizten Fingern auf dem Tischtuch, wie Speichen eines halb geschlossenen Fächers. Seine gelegentlichen Gesten hatten nichts mit wirrer Körpersprache zu tun. Es waren die Gesten eines Mannes, der sich prägnant ausdrückt: leicht, sparsam, kontrolliert, ideosynkratisch.

Sie beschränkten sich – mit Ausnahme eines leichten Achselzuckens – auf die Hände und konzentrierten sich auf die Fingerspitzen. Die Hände wie auch der Körper vermittelten den Eindruck von Schärfe, von Selbstbeherrschung, aber nie Gelassenheit.

Seine unmittelbare und interessante Präsenz strahlte Erwartung und Erfahrung aus. Sein Gesicht verriet unheilige und unsanfte Gefühle und wurde von den blauen, außergewöhnlichen Augen erhellt.

Graham Greenes Augen sind oft beschrieben worden, und in späteren Jahren wurden sie gelegentlich fotografiert. Sie gehörten zu seiner magnetischen Anziehungskraft, und er war sich dessen bewußt; doch ihre Kraft war nicht vorgetäuscht. Sein Freund, der italienische Schriftsteller Mario Soldati, fand, Graham habe »blaues Feuer in den Augen, die Augen eines Dämons«. Zu Greenes Biographen Norman Sherry sagte Soldati:

> Er hatte, was ich ein verletztes, gekränktes Gesicht nennen würde, das metaphorisch von Ereignissen gezeichnet war, und einen zornigen und verletzten Gesichtsausdruck, nicht ständig, doch immer wieder, auch wenn eine Kleinigkeit schiefging … Es war etwas Unirdisches in diesen Augen.

Als wir uns kennenlernten und fast sein ganzes Leben lang war Graham ein gutaussehender Mann – sympathisch und gewohnt, den Frauen zu gefallen. Seiner

Physiognomie und seiner Haltung nach war er eindeutig ein Engländer seiner Zeit, doch sein Gesichtsausdruck nahm auf keine Konventionen Rücksicht und änderte sich mit seinen Stimmungen. Als er die Sechzig überschritten hatte, wurde die auf sensible Jugendlichkeit hindeutende schmale Oberlippe breiter und härter, der Mund wurde spitzer, die untere Gesichtshälfte voller, und Wangen und Nase waren von roten Äderchen durchzogen, Spuren einer Zeit, in der er heftig getrunken hatte. Durch das volle Gesicht wirkten die Augen runder, die schlaffen unteren Lider waren rot umrändert. (Als schärfster Beobachter seiner selbst stattete er seine Romangestalten zuweilen mit denselben Augen aus: »daß der Brandy zu wirken begann, verriet auch der physische Zustand seiner Augäpfel. Es sah so aus, als hätten unter der weißen Lederhaut die winzigen Blutzellen nur darauf gewartet, beim dritten Glas wie Knospen auf einmal aufzuspringen.«) Der blaue glasige Blick, oft herausfordernd oder feindlich, war nie verschleiert. Bei seinen dämonischen Ausbrüchen funkelten die Augen wild und anklagend, voller loderndem Groll. Dann war es, als ob sich die Augenhöhlen unter den buschigen weißen Brauen plötzlich vertieften, die Augäpfel traten hervor wie bei einem Jungen auf dem Schulhof, der absichtlich verletzen, demütigen, verhöhnen will. In solch schrecklichen Momenten wirkte Graham auf alle wie Thomas Mitchell in der Rolle von Scarletts wahnsinnig gewordenem Vater.

Seine Stimmungen spiegelten sich eindringlich in seinen Augen – nicht nur blitzender Zorn, sondern auch Neugier und die Bereitschaft, sich auf Vergnügungen, Verpflichtungen, besondere Ereignisse einzulassen, oder auch sein literarisches Urteil in all seiner Originalität und Schärfe, von ungewöhnlicher Tragweite und Unabhängigkeit. Er hatte starke innere Überzeugungen und einen erbitterten Mut, und er war durchaus zu Anerkennung, Unvoreingenommenheit, Verständnis und einem gewissen Maß an vorübergehendem Wohlwollen imstande – zu Zärtlichkeit meiner Erfahrung nach nicht; das heißt, er kannte keine selbstvergessene Hingabe; er konnte sich weder einer Zuneigung noch den verletzlichen Nuancen von Vertrauen oder Bedauern überlassen, und noch weniger irgendeinem dauerhaften Glückszustand. Der »Splitter aus Eis im Herzen«, zu dem er sich offen bekannte, ragte manchmal lediglich als die Spitze eines Eisbergs hervor.

Graham fand an vielem Gefallen, und er mag, auch noch in späteren Jahren, euphorische Momente gekannt haben. Doch Freude war etwas Vorübergehendes und keine Notwendigkeit für ihn – eine Veranlagung, die in hohem Maße seinem Temperament zuzuschreiben war und auch im Zusammenhang mit seiner Herkunft und seiner Generation gesehen werden sollte. Wie für andere Engländer seines Alters, die im Gemetzel des Ersten Weltkriegs herangewachsen und mit der Weltwirtschaftskrise von 1929 zu Erwachsenen geworden waren, konnte Glück keine Voraussetzung und kein Endzweck für ihn sein; Schmerz dagegen war eine Konstante und gehörte fast zum Ehrenkodex. Schmerz war der nachweisbare Schlüssel zu einer geistig-schöpferischen Existenz. »Glück« hatte etwas Hohles, was Greene durch sein Leben und seine Fiktion bestätigte: »Zeig mir einen glücklichen Menschen, und ich zeige dir entweder extremes Geltungsbedürfnis, völlige Skrupellosigkeit – oder auch absolute Unwissenheit.«

Auch Flaubert meinte in einem Brief von 1846: »Dummheit, Egoismus und beste Gesundheit sind drei Voraussetzungen für Glück, doch wenn die Dummheit fehlt, ist alles verloren.« Flaubert, der eine höhere Form des Glücks für möglich hielt, die durch das Ausüben tieferer Fähigkeiten eher zufällig erreicht werden konnte, war überzeugt, daß dies für ihn auch ein schöner Traum bleiben würde.

Zu den wenigen Zeitgenossen, die Graham bewunderte, gehörte Padre Pio, ein Priester aus einem Dorf in Süditalien, der angeblich die Wundmale Christi am Leib trug. Padre Pio versicherte, daß »Schmerz Prüfung und Zeugnis der Liebe« sei. Bei Greene dagegen war Schmerz meiner Meinung nach eine Voraussetzung für Bewußtheit: eine Gemütserregung, die ihn vor der gefürchteten Langeweile schützte. »Ich empfinde Unbehagen, also lebe ich«, schreibt der erschöpfte Protagonist im ersten Satz von Graham Greenes Roman »Ein ausgebrannter Fall«.

Der erregte Zustand sexueller Leidenschaft wird von Graham immer wieder als wild oder hoffnungslos geschildert. So der Erzähler in »Die Stunde der Komödianten« beim Liebesakt: »Ich stürzte mich in den Genuß wie ein Selbstmörder sich aus dem Fenster stürzt.«

In Mario Soldatis Roman »Briefe aus Capri« bemerkt die Hauptfigur, daß wir Menschen das Unglück mindestens so sehr brauchen wie das Glück. (*Almeno* ist in der englischen Übersetzung des Buches von Archibald Colquhoun überraschenderweise mit »fast so sehr« falsch übersetzt, als sollte das Problem umgangen werden.) Soldati schreibt diesen durch und durch europäischen Gedanken seinem amerikanischen Protagonisten zu. Ich würde sagen, daß Graham Greene Unruhe und Angst in vielen Ausprägungen brauchte, nicht zuletzt, wenn er das Vergnügen suchte.

Seine feindselige Haltung gegenüber dem amerikanischen *way of life* wurde verstärkt durch das, was er für die verachtenswerte Suche einer Nation nach dem Gral des Glücks hielt – das Streben danach selbst war, wie er fand, unwürdig und zu Unrecht als heiliges Ideal in die Unabhängigkeitserklärung aufgenommen worden, was schnell dazu geführt habe, daß Materialismus und das Schwelgen im Luxus das Ziel wurden. Als wir einmal über Thomas Hardy sprachen, der in einem Gedicht seine Gründe darlegte, warum er aufgrund seiner düsteren Weltsicht eine Einladung zum Besuch der Vereinigten Staaten ablehnte:

Da Lust auf neues Wagnis ziemlich schwand,
Seit mir das Leben die Gebeine wies,
Scheu ich den Aufbruch in das Neue Land
Dem seine Reifezeit noch Zukunft ist;
Dort fordern, frei zu sein, junge Regionen,
Vom Tränenrinnsal, ewig fortgeflossen,
Mit dem tragisch gealterte Nationen
Jahrhundertfracht der Jahre übergossen.

sagte Graham, er bezweifle nicht, daß in Amerika zahllose Tränen vergossen würden, doch ohne das gemeinsame Empfinden eingestandenen Leids würden sie in Verwirrung vergossen und als Scheitern empfunden. Er brachte ein Motiv aus seinem Roman »Der stille Amerikaner« zur Sprache und meinte, die Politik der guten Laune basiere oft auf der Zurückweisung aller Gefühle: ein Freibrief für Gleichgültigkeit oder Rücksichtslosigkeit.

Ich stimmte ihm zu. »Polyanna ist eine grausame Göttin.«

Francis sagte: »Und obendrein ohne jedes Kunstverständnis.«

Diese Sehnsucht nach »Frieden«, die Graham in veröffentlichten und in privaten Schriften sein Leben lang beschwor, war andererseits, so schien es, eine Verklärungsphantasie. Wer ihn kannte – und er selbst kannte sich am besten –, wußte, daß Frieden das letzte war, was er sich wünschte. Es war buchstäblich das letzte und – wie oft in seinen Büchern – gleichbedeutend mit dem Tod. (In »Der stille Amerikaner« lesen wir, daß Phuong, die vietnamesische Geliebte des Erzählers, manchmal »unsichtbar wie Frieden« wirkte – ein Frieden, der in diesem Fall von der puppenhaften Passivität einer diskreten Dienerin verkörpert wird.) Seine wiederkehrenden Suizidabsichten – in jungen Jahren und während der furchtbaren Reisen vor dem Krieg sowie bei späteren Expeditionen in die Kampfgebiete überall auf dem Erdball flirtete er mit dem Schicksal – konterte oder ergänzte Greene mit einem trotzigen Engagement für das Leben. Und mit einer an das 19. Jahrhundert erinnernden Willenskraft, die ihm half, immer wieder durchzukommen und zu schreiben.

An unserem ersten gemeinsamen Nachmittag in Il Rosaio nahm das Vergnügen kein Ende. Graham erzählte von dem Zusammenhang, in dem er Browning zitierte. Er und Michael Richey waren zur Messe in Santo Stefano gewesen, der hübschen Barockkirche, die oberhalb einer Freitreppe wie auf einer Bühne steht und den kleinen, zentralen Platz Capris überblickt. Ihre Fassade ist abgewandt von dem kreuzgangähnlichen Quadrat von Boutiquen und Cafés, das früher einmal heilige Erde gewesen war. Eine Seite der Kirche dient der Piazza als Wand und bietet in einer für Capri typischen Mischung von Sakralem, Heidnischem, Profanem und Kommerziellem der Bar Tiberio

Raum, einem angenehmen Café, dessen Inneres der Krypta von Santo Stefano abgewonnen wurde. In den späten sechziger Jahren, als die Erneuerung der römisch-katholischen Liturgie noch nicht lange zurücklag, war die »neue Messe« noch ein Gesprächsstoff. Graham erzählte uns, er habe, als Michael und er nach dem Verlassen der Kirche auf dem Weg zum Gran Caffè waren, erwähnt, daß der neu eingeführte Händedruck vor der Kommunion, mit dem die Angehörigen der Gemeinde ihre Banknachbarn grüßen, ein angenehmes Gefühl hervorrufen könne, »wenn man einen Platz neben einem hübschen Mädchen hat«. Daher – »Ich nehm die Hand, solang wie jeder darf« …

An diesem Tag fielen Namen und Themen, die in Gesprächen mit Graham immer wieder auftauchten: Henry James, für den er sich sein Leben lang und damals noch uneingeschränkt begeisterte; Joseph Conrad natürlich, und unerwartet, wenn auch nicht überraschend, Francis Parkman; Robert Louis Stevenson, mit dem Graham mütterlicherseits und mehr noch durch literarische Affinität verwandt war; Arthur Hugh Clough, ein dem Skeptizismus anhängender Dichter, der mit der Viktorianischen Ära auf Kriegsfuß stand und seither stets unterbewertet wurde. (F. und ich lobten Cloughs langes »italienisches« Briefgedicht »Amours de Voyage«, das Graham nicht kannte.) Weiter ging es mit Evelyn Waugh, einem großartigen Freund, mit dem Graham vieles gemeinsam hatte: Lebensdaten, das Heranwachsen in der englischen Oberklasse, den Respekt vor der englischen Sprache, eine schriftstellerische Begabung, die von der zeitgenössischen englischen Literatur genährt wurde, und den Übertritt zum Katholizismus. Außerdem hatten Greene und Waugh manch unausstehlichen Charakterzug gemein, ferner den kraftvollen, zornigen, blauäugigen Blick und zeitweilig den Drang, gesellschaftliche und emotionale Verheerungen anzurichten.

Wir entdeckten gemeinsame Bekannte: Harold Acton (»In Oxford waren Harold und ich wie Hund und Katze. Selbst damals hatte ich Hochachtung vor ihm – er war großzügig und furchtlos. Aber Freunde wurden wir erst später.«) und Rupert Hart-Davis, der Graham in ihren Anfängen als Schriftsteller zu Hilfe gekommen war, Peter Quennell, den Graham seit der Schulzeit kannte, zu dem er jedoch gegenwärtig »eine etwas wacklige Beziehung« hatte, und Elizabeth Bowen: »Eine ganz alte Freundin. Ich mag auch ihre Bücher, ausgenommen das über den Spion.« (»The Heat of the Day« ist nach wie vor eines meiner Lieblingsbücher.) Graham fand heraus, daß Francis und ich uns durch Muriel Spark kennengelernt hatten: »Ich kenne sie nicht, aber ich bewundere sie als Schriftstellerin.« Er sagte nicht, daß er ihr – wie ich von Muriel wußte – insgeheim regelmäßig Geld geschickt hat, damit sie in den mageren ersten Jahren als Schriftstellerin über die Runden kam; die Schecks trafen laut Muriel jeden Monat ein, zusammen mit »ein paar Flaschen Rotwein, um dem kalten Almosen die Schärfe zu nehmen«. Greene tat auch anderen bedürftigen Schriftstellern über Jahre hin insgeheim Gutes. Einer von ihnen war der indische Romancier R. K. Narayan, dem er unschätzbare materielle und professionelle Hilfe zukommen ließ. Nach und nach erfuhr man durch beiläufige Aussagen, daß er vom Pech verfolgte Freunde finanziell und praktisch unterstützte und wohltätige Initiativen förderte, die ihn interessierten und die er für wichtig hielt.

Knauserei dagegen war ein anderer Zug, der immer wieder zum Vorschein kam. Als wir Il Rosaio bewunderten, erzählte uns Graham, daß er das Haus 1948 für, wenn ich mich recht erinnere, rund 4 000 Pfund gekauft habe: »Dabei war es vollständig eingerichtet – Geschirr, Töpfe, Decken, Bettwäsche, mit allem Drum und Dran.« Auch zur damaligen Zeit war das ein glänzendes Geschäft für ein bescheidenes Anwesen, das heute, wo Immoblien auf Capri irrsinnige Summen kosten, eine Million Dollar erbringen dürfte. Wann immer von da an der besondere Zauber seines Hauses zur Sprache kam, sollte Graham uns von diesem Coup mitsamt Töpfen und Pfannen erzählen. In diesen älteren Häusern der Insel ist es unmöglich, gegen die Feuchtigkeit anzukommen, und im Winter wird die durchdringende Kälte durch die Steinfußböden, die hohen Zimmerdecken und die dicken Mauern noch verstärkt. An diesem Nachmittag im Dezember wurde das Feuer im Kamin von der Zentralheizung nur geringfügig unterstützt, und die Klage des Gastgebers über die hohen Heizölkosten – »mir selbst macht Kälte nichts aus« – nahm sein Hausgast, der nach seinen einsamen Atlantiküberquerungen im Segelboot nicht gerade verweichlicht war, gleichmütig hin. Mit den Jahren gewöhnten wir uns an diese rituellen Beschwörungen seiner Sparsamkeit, an Grahams Blick auf die Uhr, wenn sich das Abendessen im Gemma zog: »Ich sollte den letzten Bus nicht verpassen. Muß sonst ein Taxi nehmen.«

Ganz offensichtlich nutzte er dieses Mittel, um Spekulationen über seinen Reichtum entgegenzuwirken. Doch am Ende verstand man, daß dieser unergründliche Mensch seine Manieriertheiten fast immer bewußt zur Schau stellte – nicht nur, um Verwirrung zu stiften, obwohl dieses Motiv meistens eine Rolle spielte. Die Frage: »Was kümmert Sie das schon?«, wenn von Heizölkosten, den Taxigebühren, den Fahrscheinen für das Tragflügelboot die Rede war, wäre unhöflich gewesen. Auch hätte sie bewirkt, daß man Graham, der auf der Notwendigkeit von Sparsamkeit bestand, in die Falle lief: Er hätte eine dreiste Bemerkung provoziert und sie einem danach übelgenommen. (Graham forderte einen ständig auf, einen Teppich zu betreten, den er einem sogleich unter den Füßen wegzog.) Am Ende lag solchen Behauptungen immer auch etwas Unlogisches zugrunde, und man ging um des lieben Friedens willen darauf ein, so daß es nie zu einer Klärung kam.

Graham, 1904 als Sohn einer wohlhabenden Familie geboren, war schon lange vor unserer Begegnung auf Capri durch seine umfangreiche Produktion von Romanen, Erzählungen, Erinnerungen, Artikeln, Essays, Dramen und Drehbüchern reich geworden. Doch er hatte in seinen Zwanzigern und Dreißigern wie Millionen seiner Zeitgenossen unter den unauslöschlichen Erniedrigungen der Weltwirtschaftskrise gelitten, die nach den Schlachten des Ersten Weltkriegs den Charakter, die Gesellschaft und die Politik Großbritanniens für den Rest des Jahrhunderts prägen sollte. Die Angst von Männern, Frauen und Kindern, die mittellos und am Rand des Abgrunds leben, bestimmt die Atmosphäre in seinen frühen Romanen. Die Handlung ist oft an feuchten, kalten Schauplätzen ohne Sonne angesiedelt, wo selbst der Pfiffigste sich kaum ein Vorankommen und keine Schonung erhoffen kann und die Reichen in privilegierter Sorglosigkeit leben. Greene hat seine düsteren Erfahrungen in den Jahren der Weltwirtschaftskrise in den zwei Bänden seiner Autobiographie festgehalten, und sein Biograph Norman Sherry berichtet von der großen Erleichterung Grahams und seiner jungen Frau, als eine Tante, die selbst in beschränkten Verhältnissen lebte, ihnen zehn Shilling schenkte. Vivien Greene erzählte Sherry, daß sie in jenen schlimmen Jahren »schrecklich arm waren … viel ärmer noch als andere von unserer sozialen Herkunft«. Angesichts solcher Not und eines so eingeschränkten Lebens bemühte sich Graham lange Zeit, wie viele andere Menschen auch, den Glauben nicht zu verlieren.

Das in seinen frühen Büchern dargestellte Gefühl der Hilflosigkeit gegenüber dem Schicksal und der Ungerechtkeit trug dazu bei, daß viele seiner Leser ihm unvorsichtigerweise vorbehaltlose Solidarität mit den Unterdrückten und der Arbeiterklasse zuschrieben. Grahams Sympathien – seinem Wesen nach unbeständig und unberechenbar und mit zunehmendem Alter immer abgeklärter – galten weniger den Klassen als vielmehr den Eigentümlichkeiten und vielfältigen Qualen, denen angsterfüllte Menschen in ihrer Enttäuschung und Ungewißheit, mit ihrer Schuld, ihren Selbstzweifeln und ihrer Selbstverachtung ausgesetzt waren. Das Einzigartige faszinierte ihn. Solidarität oder jede Art von anhaltender »Stellungnahme« lehnte er ab. In seinen Büchern erreicht die Handlung immer einen Höhepunkt, doch »Lösungen« sucht er nicht.

In öffentlichen Angelegenheiten war dieser Einzelgänger willentlich und gezwungenermaßen stärker exponiert. Julian Symons, ein Literaturkritiker, der viele Jahre lang anerkennend und einfühlsam über Greene und sein Werk geschrieben hat, tat seine Meinung kund, als er 1989 einen Band mit Greenes Briefen an die Presse rezensierte:

> Das sind die Briefe eines Mannes, der sich für die kleineren Ungerechtigkeiten und größeren Widerrechtlichkeiten der westlichen Gesellschaft inter-

essiert und bereit ist, sein Prestige als Schriftsteller zu nutzen, um unangenehme Fragen zu stellen und unbequeme Tatsachen öffentlich zu machen. Ein ihm eigenes Mißtrauen gegenüber Verdiensten hat Graham Greene davon abgehalten, die explizit politische Haltung eines Günter Grass einzunehmen, doch wer diese Briefe liest, kann keinen Zweifel daran haben, wo seine sozialen Sympathien liegen.

Ich glaube, das trifft eindeutig zu, obwohl es widersprüchlich ist – auch wenn die Zuschreibung »sozialer Sympathien« Graham zu Querschüssen gereizt haben könnte. Wieder war es eher so, daß er »die Loyalität empfand, die wir alle angesichts des Unglücks empfinden – das Gefühl, daß dort unser aller Platz ist«.

Graham hat viele verschiedene Frauen und Männer gut, intim oder oberflächlich gekannt, darunter illustre und auch unbekannte Sonderlinge. Gewöhnlich suchte er bei seinen Gefährten Stimulierung, doch es gab unter seinen Vertrauten auch den einen oder anderen Schmeichler und Speichellecker, Leute, wenn auch nur wenige, die ihm keineswegs mißfielen. Frauen sollten im Idealfall häusliche Ruhe ausstrahlen und verständnisvolle Aufmerksamkeit an den Tag legen, oder sie riskierten, für zänkisch gehalten zu werden. Wenn es um seine Arbeit ging, konnte er sehr geschickt persönliche Beziehungen knüpfen, doch er teilte sein Leben in verschiedene Schubladen ein, und manche seiner

Interessen sollten sich nicht überschneiden. Seine politischen Stellungnahmen waren die eines halsstarrigen Einzelgängers, während das lebhafte Theatermilieu, das er aus nächster Nähe kannte, nie an Faszination für ihn verlor. Eine nach seinem Tod laut gewordene Behauptung, er habe die Nähe reicher und einflußreicher Menschen gesucht, ist pure Phantasie: Er teilte die Menschen nicht ein, und schon gar nicht nach ihrer sozialen Stellung. Prominente Personen waren darauf erpicht, ihn kennenzulernen, nicht umgekehrt. Je nach Stimmung und Laune war er neugierig, Menschen jeder Herkunft zu begegnen, die ihn eine Stunde oder einen Abend lang aufmuntern konnten, und sein Interesse an solchen Zufallsbekanntschaften war echt – wenn es auch schnell nachlassen konnte.

An einem mondänen Leben lag Graham nichts. Angesichts der trostlosen Knappheit im England der Nachkriegszeit trugen die Behaglichkeit und der Charme von Catherine Walstons Ehe zweifellos zu dem anfänglichen Glanz ihrer beider Liebesaffäre wie zu der Selbstsicherheit und Macht dieser Circe aus Rye, New York, bei. Als schöne junge Frau hatte sie Henry Walston, einen vermögenden Engländer von reizlosem Äußeren und mit progressiven politischen Ansichten, geheiratet, fünf Kinder geboren und, immer noch jung, mit Graham Greene als Liebhaber die Trophäe davongetragen. Sie hielt ihn fünfzehn Jahre lang zwischen Ekstase und Folter gefangen. Catherine hatte ein sprühendes Temperament, sie war großzügig und originell. In ihrer Umgebung begegnete Graham den Persönlichkeiten der damaligen Zeit, die nicht nur berühmt, sondern auch interessant waren; manche Aspekte seiner Existenz gestalteten sich unkomplizierter. Der Widerspruch zwischen seiner eigenen materiellen Anspruchslosigkeit und ihren gesellschaftlichen Ambitionen wird in dem glänzenden Roman »Das Ende einer Affäre« offen dargestellt: Der Schriftsteller arbeitet in einem einsamen Zimmer »auf der anderen Seite des Gemeindeangers«, gegenüber dem komfortablen, belebten Haus seiner Geliebten und ihres nachsichtigen, politisch engagierten Ehemanns.

In allen diesen Fragen sprechen Leben und Werk Graham Greenes für sich. Die Unterstellung, er habe die Bekanntschaft mit Menschen von Ansehen und Vermögen gesucht, wird jeder, der ihn kannte, als lächerlich abtun.

Seine ersten literarischen Erfolge wurden durch Mißgeschicke behindert, die er teilweise selbst zu verantworten hatte. Und nachdem er, der eine Ehefrau und zwei Kinder zu ernähren hatte, ein gewisses Maß an finanzieller Sicherheit erlangt hatte – neben seiner erzählerischen Prosa mutete er sich eine erdrückende Last journalistischer Brotarbeiten zu –, erschütterte der Zweite Weltkrieg die Welt. Auch Greene, der damals Mitte Dreißig war, wurde aus seinem Alltag herausgerissen. Wie er später einmal bemerkte, war er über

Vierzig, als er es sich leisten konnte, sich ganz dem Schreiben zu widmen. Endlich hatte er seine Begabung und seinen Intellekt voll entfalten und sich mit emsigem Fleiß durchsetzen können. Die Lehrjahre lagen hinter ihm.

Das Geld brachte Freiheiten mit sich. Graham, von Natur aus Asket und in mancher Hinsicht knausrig, hatte wenig für Luxus übrig und nichts für Protz. Wir sahen lediglich, daß er lebte, wo es ihm gefiel, und so sparsam, wie es ihm gefiel; er übernachtete, ohne sich zu rechtfertigen, in einem guten Hotel, wenn ihm danach war; er verschenkte Geld, wo er es für richtig hielt, ohne darüber zu reden. Als wir uns kennenlernten, hatte er bereits sein Hauptquartier in Antibes aufgeschlagen, in einer kleinen modernen Wohnung nahe seiner späteren Lebensgefährtin, Yvonne Cloetta, die mit ihrem Mann und ihren Töchtern in der Nachbarschaft wohnte. Außer dem Haus in Anacapri hatte er ein Appartement in Paris, und als er hörte, daß wir uns damals oft in Frankreich aufhielten, bot er uns an, während seiner Abwesenheit dort zu wohnen. (Wenige Jahre später überließ er die Pariser Wohnung auf Lebenszeit seiner französischen Literaturagentin Marie Biche Schebeko, die schwer krank war. Sie hat dort, mit ihrem Ehemann, bis zu ihrem Tod gelebt.) In Augenblicken der Resignation sprach Graham hin und wieder davon, Il Rosaio zu verkaufen – vielleicht, um sich daran zu erinnern, daß er es verkaufen konnte, wenn er wollte. Besitz, dem er lange Zeit mißtrauisch gegenüberstand, wurde jetzt als Belastung verworfen. Die einzigen »Erwerbungen«, die er uns gegenüber je erwähnte, waren Bücher, die er bei seinen Besuchen in England kaufte, wenn er, von seinem jüngeren Bruder Hugh chauffiert, im Wye-Valley die Buchantiquariate heimsuchte.

1975, als Grahams »wiederentdeckte« Biographie des Earl of Rochester – ein Manuskript aus dem Jahre 1931 – veröffentlicht wurde, tauchte bei einer Auktion in New York ein von Sir Peter Lely gemaltes Doppelporträt auf, das mitsamt einem Foto unter dem Titel »Die Gräfin von Rochester und eine andere Lady (angeblich Nell Gwynn)« angeboten wurde. Wir gaben die Nachricht an Graham in Antibes weiter, und er antwortete: »Sotheby's Zuschreibung kommt mir sehr seltsam vor. Ich wünschte, ich hätte das Geld, um das Bild zu kaufen! Ich frage mich, was es wohl gebracht hat.« Das Porträt wurde für 4 000 Dollar verkauft.

Malcolm Muggeridge schrieb über Graham: »Ungeachtet seiner Lebensumstände erweckt er mit besonderem Geschick immer wieder den Eindruck, als wohne er zur Miete und lebe von der Hand in den Mund. Geistig und selbst in physischer Hinsicht gehört er zu den von der Natur verschleppten Menschen.« Weder Gewohnheit noch Erinnerungen, noch ästhetische Gründe gaben ihm das Gefühl, an die Zimmer, die Häuser und die Umgebungen seines Lebens gebunden zu sein. Er war durchaus imstande, auf sie zu verzichten. Vertrautheit führte zu Ruhelosigkeit oder zu Ablehnung. Noch in einer selbstgewählten Umgebung wie Il Rosaio blieb er der Wanderer.

Mit einer Empörung, wie sie der für einen Romancier unvorstellbare Reichtum mancher Industrieller niemals auslösen würde, wird immer wieder der seltene Wohlstand eines begabten Schriftstellers bedacht. Seit seinem Tod wird Graham Greene von Kommentatoren kritisiert, die unbedingt beweisen wollen, daß er seine unsterbliche Seele verkauft habe, indem er im Laufe eines halben Jahrhunderts Millionen von Lesern zum Kauf seiner Bücher veranlaßt und von diesem scheinbar unschuldigen Geschäft profitiert hat. Kreatives Schreiben, als einzige unter den Künsten vermeintlich jedem verständigen Menschen zugänglich, hat seit eh und je diese Mischung von Achtung und Neid hervorgerufen. Die Unabhängigkeit, mit der Literatur gedacht und verfaßt wird, ist eine Provokation: das Geheimnis schöpferischer Kraft, das für den Beobachter nie an Faszination verliert. Laut W. H. Auden

> rührt diese Faszination nicht vom Wesen der Kunst als solcher her, sondern von der besonderen Arbeitsweise des Künstlers. Er, und beinahe niemand sonst in unserem Zeitalter, ist sein eigener Herr. Der Gedanke, sein eigener Herr zu sein, sagt

den meisten Menschen zu und führt leicht zu der phantastischen Idee, die Befähigung zu künstlerischem Schaffen sei eine allgemein verbreitete Eigenschaft, das Hervorbringen eines Kunstwerkes etwas, das beinahe allen menschlichen Wesen, nicht auf Grund irgendeiner besonderen Begabung, sondern kraft ihrer Menschlichkeit gelingen würde, versuchten sie es nur.

Ich glaube, daß Unabhängigkeit und absolute Freiheit für Graham Greene eine zwingende Notwendigkeit waren, und daß jede nicht selbstgewählte Beschränkung für ihn wie für viele hochgradig nervöse Menschen nicht nur quälend, sondern unerträglich war. Die kompliziertesten Komponenten seiner Persönlichkeit hatten fast immer mit dieser Problematik zu tun. Das Ressentiment gegen eine tatsächliche oder eingebildete Zumutung oder das Unvermögen, seine Meinung oder seinen Willen durchzusetzen, konnten ihn in einem Maße verletzen, das an Wahnsinn grenzte. Einmal in Zorn entbrannt, konnte er die völlig belanglose Vermutung, daß man in einer Sache ein und derselben Meinung sei, als aufdringlich zurückweisen, während ihn das Versäumnis – vor allem seitens einer Frau –, sich seinem Urteil anzuschließen, wie ein Verrat traf. Bei einer Diskussion sind die meisten Menschen zumindest auf einige wenige gemeinsame Voraussetzungen angewiesen, und sei es nur, um sicher zu gehen, daß das Gespräch nicht in einer geistlosen

Debatte versandet. Doch genau diese Art von Vertrauen konnte Graham nicht ertragen. *Agape* war seine Vorstellung von Hölle.

All das sollten wir jedoch erst später beobachten und erfahren.

An dem Nachmittag vor so vielen Jahren in Anacapri sprachen wir über den Vietnamkrieg, der damals in vollem Gang war und noch Jahre andauern sollte. Wir beklagten den Krieg als unerträglichen Wahnsinn, und Graham fragte Francis und mich, was Leute wie wir, die in den Vereinigten Staaten lebten, unternähmen, um dagegen zu protestieren. Die Massendemonstrationen gegen den Krieg, an denen sich Menschen jeden Alters und aller Berufe beteiligten, hatten damals in Amerika gerade erst begonnen. In den folgenden Jahren, als sich der Konflikt quälend in die Länge zog, wurde Vietnam ein unumgängliches Thema unserer Gespräche und unserer Korrespondenz.

Als wir Il Rosaio bei Sonnenuntergang verlassen wollten, um mit dem Bus die Serpentinenstraße hinunterzufahren, zeigte Graham auf ein kleines weißes Studio, in dem er arbeitete. Es lag wie ein gestrandetes Boot oder das Seemannshäuschen der Peggottys am oberen Ende seines von einer Mauer umgebenen Gartens. Bei einem unserer folgenden Besuche zeigte er uns das winzige, kabinenähnliche Innere. Damals war dort noch der Holzfußboden, der ursprünglich installiert worden war, um den Lärm und die winterliche Kälte fernzuhalten. Ich erinnere mich an schmale Bücherregale in bogenförmigen Nischen, in denen die Werke von Dichtern in kleinen älteren Ausgaben aufgereiht waren, neben mehrbändigen Anthologien im Taschenformat und einer Shakespeare-Ausgabe aus der Reihe der Temple-Klassiker – alles sorgfältig geordnet und wohlbehütet. Das Mobiliar: ein kleines Sofa, ein Stuhl, eine leichte Reiseschreibmaschine auf einem soliden alten Tisch vor einem Fenster, das auf den Garten hinausging. Und da war auch der unerbittliche Atem capresischer Feuchtigkeit. Es war ein guter Platz zum Schreiben: abgekapselt, unverletzlich – ein Refugium in der Abgeschiedenheit, und obendrein auf einer Insel.

Graham sollte Capri kurz vor Neujahr verlassen. An den verbleibenden Tagen aßen wir mehrmals im Gemma zu Abend, bevor sich unsere Wege trennten. Eines Abends, wir hatten gerade Platz genommen, erhob sich ein wohlerzogener schwedischer Besucher – möglicherweise hatte er mit der Axel-Munthe-Stiftung in der Villa San Michele zu tun, die jedes Jahr unzählige skandinavische, deutsche und andere Touristen nach Anacapri lockte – von einem der benachbarten Tische und fragte, nicht ohne uns für die Störung um Verzeihung zu bitten, ob er Graham Greene die Hand geben dürfe. Er war ein zierlicher Mann, dünn wie ein Hering, in Tweed, mit einer großen weißen Haartolle à la Sandburg über der Stirn. Als Graham im Begriff war aufzustehen, sagte er: »Mr. Greene, ich möchte Ihnen für das Vergnügen danken, das mir Ihre Bücher bereiten.«

G. G.: Es freut mich, daß sie Ihnen gefallen.
Der schwedische Herr: Ich möchte mich auch dafür entschuldigen, daß mein Land es in diesem Jahr wieder einmal versäumt hat, Ihnen seinen Preis zu verleihen.
G. G.: Keine Ursache.
Der schwedische Herr, ernsthaft: Vielleicht nächstes Jahr.
G. G., orakelhaft: Nein. Nächstes Jahr geht er an Patrick White.
Der schwedische Herr, perplex: Sind Sie sicher?
G. G.: Absolut.

Im Jahr darauf bekam Alexander Solschenitzyn den Nobelpreis für Literatur – Patrick White, Gerüchten zufolge der zweite auf der Liste, erhielt den Preis 1973 und stiftete das Geld für die Schaffung eines ständigen Preises für australische Schriftsteller. White und Greene, die sich persönlich nicht kannten, hegten ein leicht rivalisierendes Interesse an der Karriere des jeweils anderen. Als wir 1976 von einer Australienreise zurückkehrten und Graham erfuhr, daß wir mit Patrick White befreundet waren und ihn in Sydney besucht hatten, fragte er uns nach Whites Lebensstil und wollte wissen, ob die in seinen Büchern vertretenen Prinzipien materieller Bedürfnislosigkeit sich in seinem Lebensalltag widerspiegelten. So war es.

An einem anderen Abend brachte Graham eine Persönlichkeit Capris mit: Dr. Elisabeth Moor – die »Dottoressa Moor« aus Wien, aus der in Grahams späterem Erinnerungsbuch »Eine unmögliche Frau« wurde. Außerdem war sie, wie Graham zugab, eine Quelle für seinen Roman »Die Reisen mit meiner Tante«. Die Dottoressa, eine gedrungene, energische Frau, unförmig in ihrer warmen Winterkleidung, hatte den verwitterten, rötlichen Teint von Nordländern, die lange Zeit im heißen Süden verbracht haben, vorstehende, paläolitische Zähne und einprägsame blaßblaue Augen. Sie trug einen grauen Fez aus imitiertem Astrachan, den sie nicht ablegte. Als wir uns setzten, sagte Graham zu ihr: »Sie sehen aus wie Chruschtschow«, was ihr, obwohl es genau stimmte, zu gefallen schien. Chruschtschow war damals so etwas wie ein ständiger Witz zwischen Graham und uns. Am Abend zuvor hatten wir über visionäre Motive in Romanen gesprochen. Ich hatte gesagt, daß die illusorischen »atomaren« Konstruktionen, die sich der Staubsaugerverkäufer in »Unser Mann in Havanna« ausdenkt, die Kuba-Krise von 1962 vorausnahmen. Und Graham sagte: »Ja. Chruschtschow hatte die Idee von mir.« Man hatte es schon immer gewußt!

Dottoressa Moor hatte offensichtlich nicht erwartet, Graham mit Personen, die sie nicht kannte, teilen zu müssen, und ließ uns ihren Verdruß spüren, indem sie Francis kaum zu bemerken schien und mich gänzlich ignorierte. Beim Essen amüsierte sich Graham sichtlich über ihre mürrischen Direktiven. Sie wollte seine uneingeschränkte Aufmerksamkeit, die ihr schmeichelte, und bezeugte ihm eine widerborstige Devotion. Sie hatten sich bei Grahams ersten Besuchen der Insel durch Norman Douglas kennengelernt, dessen letzte Ärztin sie gewesen war, und Graham hatte ihr während einer Reihe privater Tragödien Solidarität bewiesen. Mit ihrer Streitsucht und Selbstzufriedenheit und ihrer unbegründeten Schroffheit konnte sie Francis' und meine Zuneigung nicht so ohne weiteres gewinnen. Nur die Augen paßten nicht zu ihrem Verhalten: Sie blickten ängstlich und flehend und hatten etwas Mädchenhaftes.

Graham neigte dazu, in seinem Drama Rollen an Nebenfiguren zu vergeben (und er nahm es übel, wenn sie ihren Text vergaßen oder aus der Rolle fielen). Die Dottoressa hatte sich eindeutig als Charakterdarstellerin anwerben lassen, als die »Unmögliche Frau«: »Sie haben recht, ich bin eine Wilde.« Uns überzeugte sie nicht, in unseren Augen war sie nicht unmöglich genug, sondern eher eine Amateurin, was Unmöglichkeit betraf. Graham dagegen war ein absoluter Profi: ein wahrhaft gewaltiger Meister des Unmöglichen.

Jahre später erwähnte ich im Postskriptum eines Briefs an Michael Richey die durch nichts und niemanden provozierte Feindseligkeit der Dottoressa an jenem Abend. Richey antwortete: »Ihre Bemerkung über die Dottoressa hat mich amüsiert. Ich glaube nicht, daß sie Frauen mochte. Natürlich liebte sie Graham, und er war ungeheuer nett zu ihr.« Michael berichtete mir, Graham habe einmal in Rom sieben Stunden auf dem Flughafen verbracht, um dafür zu sorgen, daß die betagte Dottoressa sicher an Bord ihres verspäteten Flugzeugs gelangte. »Die meisten Menschen hätten sie allein zurückgelassen.«

Mit Blick auf ihre geplanten Memoiren hatte die Dottoressa geschrieben: »Ich würde gern in einem Staat leben, der nur aus Männern besteht. Frauen sollten ausgerottet werden.« Während unseres gemeinsamen Abendessens tat sie ihr Bestes in diese Richtung. Doch der Abend, den wir mit ihr im Gemma verbrachten, sollte ein Nachspiel haben.

An einem Nachmittag kurz nach Weihnachten lief Francis in einer der kleinen Gassen Capris Graham über den Weg, und zusammen kamen sie zu mir ins Gran Caffè. Als sie an meinem Tisch Platz nahmen, schloß ich mein Buch, und Graham nahm es mir mit der Frage: »Darf ich sehen, was Sie lesen?« aus der Hand. Der Augenblick ist mir noch sehr präsent – frühes Dunkel und das gelbliche Lampenlicht, winterliche Stille auf dem Platz, und die beiden langbeinigen Männer, die auf schmalen Rohrstühlen sitzen, wir alle drei dicht beieinander. Und Grahams Stimme, so sanft, wie ich sie fast nie mehr hören sollte – man könnte sagen, verführerisch sanft. Und seine ausgestreckte, außergewöhnliche Hand, die das Buch umdrehte.

Es war »Father and Son« von Edmund Gosse, ein Werk, das zu den edwardianischen und georgianischen Seiten von Grahams literarischen Vorlieben paßte. (Später las ich in einem Band mit Reiseessays von Greene, daß es eines der Bücher war, die er während des Krieges mit nach Westafrika genommen hatte.) Er sagte: »Ja, es ist sehr gut, nicht wahr? Irgendwann ist man sogar bereit, den Vater zu mögen. Gegen Ende gerät einiges außer Kontrolle, doch das ist nicht weiter schlimm.« An seinen eigenen Vater hatte Graham, ähnlich wie Gosse, nachsichtigere Erinnerungen bewahrt, die sich gelegentlich in Träumen manifestierten, wie er in »Eine Art Leben« berichtet.

Grahams Treue zu den Schriftstellern der Jahrhundertwende, den literarischen Leuchten seiner Jugend, war zwar differenziert, hatte aber fast etwas Familiäres. Die Schmähungen, mit denen die georgianischen Dichter nun schon seit Generationen pauschal überhäuft wurden, irritierten ihn nicht im geringsten, und er war erfreut, als ich einmal ein paar ihm bekannte Zeilen zitierte, die der größte aller Missetäter, Rupert Brooke, 1913 in der Südsee geschrieben hatte:

Als beteten sie Gutes für die Welt und wüßten,
Segnend, daß sie nur leere Segnungen spenden.

Greene hat berichtet, mit welcher Begeisterung er in seiner Jugend die »Abenteuerschriftsteller« las – Henty, Haggard, Hornung, Kipling, Stevenson, Conan Doyle. Seine eigenen Bücher wie auch sein Leben bezeugen diesen Einfluß. Ein Roman, kompromißlos und in keine Schublade einzuordnen, hatte ihn lange in seinen Bann gezogen:

> Aber als ich – damals war ich vielleicht vierzehn – Marjorie Bowens »The Viper of Milan« vom Bücherbrett herunterholte, da kam die Zukunft auf Gedeih oder Verderb wirklich zum Zuge. Von diesem Augenblick an begann ich zu schreiben … Man konnte sie nicht lesen, ohne die Überzeugung zu gewinnen, daß Schreiben Leben und Freude bedeute.

»The Viper of Milan« erschien 1906, als die Autorin sechzehn Jahre alt war. Das Buch, mehrere Generationen ein Klassiker in englischen Bücherschränken, stand in meiner Kindheit auch bei uns im Regal. Ich besitze es noch heute. Es ist ein historischer Roman über die Kriege zwischen den Herzögen von Verona und Mailand und hat etwas von der Atmosphäre und anschaulichen Klarheit der Romane Stendhals über diese gewalttätigen, unheilvollen Zeiten. Eine Ruhe, in der sich Zauber und Schrecken vermischen, hält den Leser in Atem und schürt das Grauen: In einer Frühlingsnacht hat der duftende Goldlack in einem mondbeschienenen Garten »die Farbe eben erst getrockneten Blutes«. Graham hat darauf hingewiesen, daß dieses Buch das Böse interessant macht.

Graham las auch die populären Hefte mit Geschichten für kleine Jungen, damals Massenware. In meiner Kindheit hatten wir stattliche, gebundene Jahrgänge von *Chums,* die von meinem Vater stammten, Ausgaben aus den Jahren 1914 bis 1917, deren hehrer und wunderlicher Ton und Hurrapatriotismus ständig von den Realitäten des Weltkriegs in Frage gestellt wurde. (Mein Vater zog wahrscheinlich wie Tausende anderer junger Männer direkt von der Lektüre dieser Geschichten von Findigkeit und Ehre mit siebzehn Jahren in die Schützengräben.) In den Geschichten war viel vom Sich-Verstecken und Sich-Verkleiden die Rede, von der Aufregung, wenn man gesucht und gefangen wurde oder dem Entdecktwerden knapp entging, von Wettbewerben in Schlagfertigkeit, die dem jungen Greene besonders gefallen haben mußten. Die Handlung war selten originell: Mit schöner Regelmäßigkeit war da das ununterdrückbare, alles verratende Niesen in verstaubten Dachkammern oder der Pfeffer, der dem Angreifer in die Augen gestreut wurde. Mit Schneid und Einfallsreichtum siegte am Ende der junge Held und badete in seinem Triumph.

Als Graham eines Tages zu einem Treffen mit einem unangenehmen Verwandten mußte, sagte er zu uns: »Ich habe eine Portion Pfeffer in der Tasche, für den Fall, daß er gewalttätig wird.«

Ich glaube, der »Der stille Amerikaner« enthält eine geheimnisvolle und drastische Anspielung auf diese Geschichten, die er in seiner Jugend las. Der Erzähler, der sich in einem Reisfeld versteckt, spürt, daß er gleich unweigerlich niesen muß:

> Doch in derselben Sekunde, als ich nieste, feuerten die Vietminh aus ihren Maschinenpistolen und durchkämmten in einer Feuerlinie das Reisfeld …

Ein durch und durch Greenesches Nebeneinander verschlüsselter Gefühle und tödlicher Gewalt, Miss Marjorie Bowen durchaus ebenbürtig.

Graham hat beschrieben, wie er sich als Kind und Schüler zum Lesen seiner ersten Geschichten in einsame Ecken des Hauses oder Gartens zurückzog – Winkel in einem behaglichen, zuversichtlichen England, wo komplizierte und begabte Familien wie die Greenes im frühen 20. Jahrhundert Zuflucht fanden. Bestimmte Seiten dieser Welt, in der Graham seine Kindheit und seine schwierigen Schuljahre verbrachte – eine Welt, deren Anschauungen er in seiner jugendlichen Prosa mit Zorn und Schmerz heraufbeschwor –, waren ihm angenehm geblieben oder erst angenehm geworden, und er versammelte ihre Embleme in gedrängter, wenn auch etwas heikler Form 1975 in seinem letzten Theaterstück »The Return of A. J. Raffles«, das er ausdrücklich als »eine edwardianische Komödie« bezeichnete. Diese Epoche und ihre literarischen

Abenteurer – Reisende, Forscher, Detektive, Müßiggänger in den britischen Kolonien, Doppelagenten – hatten in seinem Bewußtsein ihren dauerhaften Platz: zweideutige, untergetauchte oder heruntergekommene Originale, die für Greene den aufrechten, heldischen, das Empire und den Teamgeist verkörpernden Soldaten und Matrosen überlegen waren und die in einer durch den Ersten Weltkrieg ausgelöschten Epoche charakteristische englische Figuren darstellten.

Grahams unbeständige Bindungen waren, genau wie er es wollte, immer schwer zu benennen, auch wenn es um Dinge ging, derer er sich an und für sich angenommen hatte. Doch im Hinblick auf seine Erziehung hätte er an einem guten Tag sicherlich Audens Eingeständnis unterschrieben:

Die Klasse, deren Laster er geißelte, war seine eigene,
jetzt ausgestorben, bis auf wenige
einsame Überlebende wie ihn,
die ihre Tugenden erinnern.

Wir trennten uns Ende Dezember in der Hoffnung, daß wir uns im Frühjahr auf Capri wiedersehen würden. Beim Abschied sagte Graham: »Ich bin froh, daß ich die Zeile von Browning vergessen hatte.«

Nach Grahams Abreise aßen Michael, Francis und ich am Silvesterabend ein letztes Mal im Gemma. Es war eine kalte, klare Nacht, so wie sie Rilke am Vorabend des Jahres 1907 auf Capri verbracht hatte, als er auf das Dach seines Häuschens im Garten der Villa Discopoli stieg, um »eine Erde aus Mondschein, aus Mondschatten« zu sehen:

> Und die Nacht war eine helle, ferne, die über viel mehr als nur über der Erde zu ruhen schien; man fühlte, daß sie über Meeren lag und weit drüber hinaus über dem Raum, über sich selbst, über Sternen ...

In derselben ozeanischen Stille wanderten Francis und ich abends auf dem einsamen, hoch über dem Meer gelegenen Tragara-Weg an der maurischen Villa Discopoli vorbei, die damals noch nicht in eine kostspielige Wohnanlage umgewandelt war. Als wir zur Piazza zurückkamen und das Restaurant erreichten, wunderten wir uns über eine ungewöhnlich große Urlauberschar und die Heiterkeit, die kurz vor Mitternacht durch die herumziehenden, traditionell kostümierten Capreser Sänger noch gesteigert wurde: Mit Schellentrommeln und ihren seltsamen Instrumenten, die einer fernen Vergangenheit entstammten, machten sie einen Rundtanz – »eine verrückte, barbarische Angelegenheit«, wie D. H. Lawrence es am Silvesterabend des Jahres 1920 sah, als er der auf Capri überwinternde Schriftsteller war.

Diese fremdartigen Instrumente, manche davon

leicht unanständig in ihrem Aussehen und ihrer Funktion nach, haben alte Dialektnamen: der *putipù*, der *triccaballacco* und das *scètavajasse* (»Strichmädchen«). Der *putipù*, der seiner Größe und seinem Aussehen nach eher einer kleinen tragbaren Trommel mit einem einzigen Loch in der Mitte gleicht, scheint seit heidnischen Zeiten seinen Weg rund ums Mittelmeer gefunden zu haben. In »South from Granada« beschreibt Gerald Brenan sein etwas kleineres, primitiveres spanisches Gegenstück:

> Das letzte Fest des Jahres war Weihnachten … Es war die Wintersonnenwende. Das einzig Bemerkenswerte an dem Ereignis war das Auftauchen eines unangenehmen, geräuschvollen Instruments, der *zambomba*. Dieses besteht aus einem Stück Kaninchen- oder Ziegenfell, das straff über die Öffnung eines zerbrochenen Blumentopfs oder eines Abflußrohrs gespannt ist; durch das Fell wird ein Stock gebohrt, der nach Befeuchtung der Hand auf und ab gestoßen wird und dabei einen halb quietschenden, halb stöhnenden Laut erzeugt. Die sexuelle Bedeutung ist klar, und zweifellos war das Spektakel ursprünglich als magischer Ritus gedacht, welcher der schwächer gewordenen Sonne Kraft verleihen sollte. In Yegen wurde das Instrument vor allem von jungen Männern gespielt, und wenn Mädchen anwesend waren, taten sie es mit bewußtem Gusto und unter viel Gekicher und

Gelächter. In den Städten ist es inzwischen zu einem Kinderspielzeug verfallen.

Auf Capri ist man diesem Instrument nicht untreu geworden. Das *putipù* hat bei festlichen und touristischen Anlässen seine Stellung behauptet, und es wird »mit bewußtem Gusto« gehandhabt, nicht nur von jungen Männern, sondern auch von hübschen lachenden Mädchen, die lange bunte Bänder im Haar tragen.

Wir kamen im folgenden Frühjahr wieder nach Capri, Graham auch. An einem Abend im Mai erschien er am Kamin im Gemma, wo wir mit zwei Freunden an unserem üblichen Tisch zu Abend aßen. Er war in Begleitung von Yvonne Cloetta, die Sandy, ihren goldenen Spaniel, an der Leine hielt. Daß Yvonne in Antibes lebte, hatte Graham dazu bewogen, in den sechziger Jahren von England dorthin zu ziehen. Die beiden hatten sich 1959 in Afrika kennengelernt.

Nie traf auf eine hübsche Frau das Adjektiv *petite* genauer zu als auf Yvonne. Sie hatte ein herzförmiges, lächelndes Gesicht, kurzgeschnittenes, kräftiges weißes Haar und eine schmale, wohlproportionierte, leicht gedrungene Figur. Sie trug Hosen und dazu ein pastellfarbenes Hemd, abends mit einem Schal. Mit ihrem guten Englisch, das sie mit einem charmanten Akzent sprach, war sie für Graham in Antibes eine unschätzbare Hilfe. Dank ihrer Italienischkenntnisse konnte sie auch während ihrer Aufenthalte auf Capri als Vermittlerin wirken.

Yvonne liebte Graham – man könnte sagen, sie vergötterte ihn. In ihre Liebe zu ihm hatte dieser schwermütige Mann sein ganzes Vertrauen gesetzt, das die letzten dreißig Jahre seines Lebens anhalten sollte. Wenn man die beiden zusammen sah, wenn man hörte, wie er mit ihr sprach, dann waren Angst und Feindschaft, wie sie Grahams Beziehungen zu Frauen von Jugend an belastet hatten, in dieser Verbindung undenkbar.

An diesem Frühlingsabend wurden die beiden zurückgekehrten Gäste auch vom Personal des Restaurants herzlich willkommen geheißen. Graham kam seit Ende der vierziger Jahre hierher und wurde von den Kellnern als »Signor Grin« angesprochen – und von Gemma, die kein Englisch sprach, als »Grahmgrin« oder »Grahm«. Die gleichbleibende Schlichtheit von Gemmas Restaurant trug zu Grahams Wohlbefinden auf der Insel bei. Wie viele ruhelose Menschen schätzte er es, wenn er seine Anlaufhäfen unverändert vorfand. Er brachte Gemma, die immer kurz an seinen Tisch kam und lächelnd seine Hände in den ihren hielt, ein ungewöhnliches Maß an Vertrauen und Zuneigung entgegen; und ich glaube, das war nicht allein darauf zurückzuführen, daß sie sich nicht direkt verständigen konnten. Gemmas freundliche Art veranlaßte viele ihrer Gäste, immer wieder zu ihr zu kommen.

Sie hatte das Restaurant in den dreißiger Jahren

aufgemacht, zusammen mit ihrem Mann, der jahrelang der Küchenchef war. Sie kam wie die meisten Capresen ihrer Generation vom Land, wo schwere körperliche Arbeit üblich war, und wuchs in einer vielköpfigen Familie auf, deren Mittelpunkt und Stütze sie schon in jungen Jahren wurde. Zwei, später drei Generationen von Verwandten waren im Restaurant beschäftigt, und Gemmas Bruder, der Fischer war, kümmerte sich um den täglichen Fang. Gelegentlich sprach Gemma von ihren Eltern, die sich von ihrem schweren Leben und den Bedürfnissen ihrer zahlreichen Kinder nicht hatten unterkriegen lassen. Sie erzählte uns auch von den Hungerjahren während des Zweiten Weltkriegs, als die landwirtschaftlichen Produkte der Insel für die Streitkräfte beschlagnahmt wurden, und wie in der Zeit der schweren Luftangriffe auf Neapel in den Jahren 1943 und 1944 – die vom Ausbruch des Vesuv im März 1944 gespenstisch begleitet wurden – Scharen armer Neapolitaner mit Booten nach Capri ruderten, wo sie vergeblich Nahrung und Obdach suchten.

Gemmas Ruhe strahlte auch dann auf ihr Restaurant aus, wenn in der Hochsaison, zwischen Mitte Juni und Ende September, der große verglaste Sommerraum, der eine wunderbare Aussicht bot, von den Farben der Feriengäste erfüllt war und vom Glanz illustrer Gäste, die kurz vor Mitternacht zum Essen kamen.

Wenn Graham seinen Frühjahrs- oder Herbstaufenthalt verschob, fragte uns Gemma jedesmal, ob wir wüßten, wann er zurückkäme. Als Francis, der Gemma sehr mochte, einmal im Scherz zu ihr sagte: »Graham ist Ihrem Herzen näher als ich«, erwiderte sie: »Das stimmt. Er braucht es nötiger.«

Als Gemma 1984 starb, ging Graham im Trauerzug, der sie zu ihrem Grab geleitete.

Bei einem ihrer ersten Besuche auf der Insel waren Graham und Catherine unvorhergesehen zu Weihnachten angekommen und mußten feststellen, daß auf Capri am ersten Weihnachtstag alles geschlossen war, auch Gemmas Restaurant. Und in Il Rosaio verbrachte Carmelina den Festtag mit ihrer Familie. »Als wir feststellten, daß wir nirgendwo essen gehen oder einkaufen konnten, lud Gemma uns zum Weihnachtsessen zu sich nach Hause ein. Wir wurden gebeten, an ihrem Tisch Platz zu nehmen und stellten fest, daß sich niemand dazusetzte. Die ganze Familie bediente uns, und nichts konnte sie dazu bewegen, mit uns zu essen.«

Francis sagte: »Sie waren die Ehrengäste. Beinahe wie im Orient.«

»Ja. Wir thronten da wie die verhätschelten Weibsbilder Asiens, während sie uns all die köstlichen Speisen auftrugen.«

Wenn die Rede auf Catherine kam, geschah das oft in Zusammenhang mit Grahams Erinnerungen an Italien: »Einmal, in einem Sommer, machten wir auf dem Rückweg nach England in Sirmione Station, und

Catherine fiel ein, daß sie für eine Gartenparty in einem Palastgarten tags darauf unbedingt einen Hut brauchte. In Sirmione kaufte sie an einem Stand einen Strohhut. Er kostete acht Shilling. Sie bekam ihren Hut und trug ihn beim Empfang im Buckingham Palace.«

Damals bildeten sich lose Muster heraus, an die wir uns viele Jahre lang hielten. Wir trafen uns im Frühjahr und im Herbst, wenn wir, alle vier, gewöhnlich auf Capri waren. Graham und Yvonne blieben rund einen Monat, Francis und ich etwas länger. Gelegentlich fuhren wir zum Lunch nach Il Rosaio, wo wir bei schönem Wetter das Haus mit offenen Fenstern und Türen vorfanden; der Garten war – wie alle Gärten auf der Insel im Mai – eine Orgie von Blumen und Farben: ganze Hecken weißer Margeriten, üppige Gehänge von Petunien und Geranien, stahlblaue Lobelien, Spalierrosen und Gruppen von weißen und karminroten Amaryllis – strahlender Glanz inmitten der weißen Mauern, der das Werk von Carmelinas Ehemann Aniello war. Im Herbst, wenn wir an Grahams Geburtstag am 2. Oktober in Il Rosaio zum Lunch waren, dominierten wie überall auf der Insel die gelbbraunen Farben der späten zweiten Blüte. Manchmal gingen wir abends auf einen Drink zu ihnen, bevor wir in La Rondinella, einer Trattoria in Anacapri, im Freien aßen, an dem von Graham reservierten einzigen etwas abseits gelegenen Tisch. In den ersten Jahren unserer Freundschaft kamen Graham und Yvonne hin und wieder vom Monte Solaro herunter und nahmen den steilen Abstieg über schmale Pfade und Stufen auf sich, um auf unserer überdachten Terrasse mit uns zu Mittag zu essen. Manchmal schlug Graham auch vor, am Meer zu essen oder einen Spaziergang zu machen, der in einem kleinen Restaurant endete. Doch unser üblicher Treffpunkt war Gemmas Restaurant am Abend. Es war eine lockere Vereinbarung: Wir trafen unabhängig voneinander ein, meistens ohne feste Verabredung – und manchmal blieben Francis und ich fort, damit Graham und Yvonne allein sein konnten. Es war sehr angenehm, am Ende des Tages die Arbeit beiseite zu legen, sich umzuziehen und vor dem Hintergrund von Himmel und Meer zur Piazza zu schlendern: das späte Licht, die Erwartung interessanter und vergnüglicher Gespräche, der freundliche Empfang im Restaurant, wo wir alle nach süditalienischer Sommergewohnheit am liebsten früh zu Abend aßen.

Als wir Graham auf Capri kennenlernten, war er kein schwerer Trinker. Er und Yvonne tranken zusammen vielleicht eine Flasche Wein, den sizilianischen Corvo – »Ich mag den Namen« – oder einen Rosé aus Ravello. Wir bevorzugten leichte traditionelle Gerichte, Fisch oder Schalentiere aus den umliegenden Gewässern. Keiner von uns maß dem Essen besondere Bedeutung bei, keiner war darauf erpicht, lange darüber zu sprechen – Graham erwähnte höchstens gelegentlich eine schlechte oder zu teure Mahlzeit, die er anderswo zu sich genommen hatte, eine Episode aus ferner Vergangenheit, die ihn immer noch wurmte. (»Ich erinnere mich noch an den bitteren Preis für ein vom Hotel zubereitetes Lunchpaket«, war sein bleibender Eindruck von einem Besuch Athens nach dem Krieg.) Hier schlug auf paradoxe Weise seine Knausrigkeit durch.

Auch wenn Graham den abendlichen Ausflug zu Gemmas Restaurant mochte, glaube ich doch, daß er die Notwendigkeit der Nahrungsaufnahme als eine Art Tyrannei empfand. Jede Form von Zwang widerstrebte ihm zutiefst, und nichts ist gebieterischer als das Verdauungssystem. In jungen Jahren hatte er seinen Memoiren zufolge gegen zeitlich festgesetzte Mahlzeiten rebelliert. (»Improvisiertes Essen hat einen Charme, der regelmäßigen Mahlzeiten abgeht.«) Als Kind stahl er Korinthen und Sultaninen aus der Vorratskammer der Schule: »Ich stopfte mir die Taschen damit voll, Korinthen in die linke, Sultaninen in die rechte, und schlemmte dann heimlich im Garten« – das hatte unangenehme Folgen: »Die Mahlzeit endete immer mit leichter Übelkeit, denn um sicherzugehen, daß man mich nicht ertappte, mußte ich sie alle aufessen, sogar jene letzten, an denen die Krümel und der Staub von den Taschennähten klebten.«

In seinen Büchern ist Nahrung fast immer ein schlechtes Omen und wird in Verbindung mit Rachsucht und Ekel oder im Zusammenhang mit einer Entlarvung erwähnt. In »Das Herz aller Dinge« gibt es den ungewünschten, ekelerregenden Lunch (»in einer Waschschüssel eine Riesenportion Curry, die er mitten auf den Tisch stellte«), der Scobie und seiner unglücklichen Frau serviert wird, bevor sie sich nach Durban einschifft. In »Das Ende einer Affäre« gibt es »die grauenhafte Mahlzeit«, die der gehörnte Henry Miles auf Dringen von Bendrix mit diesem teilen muß. (Henry ist zu Beginn der Geschichte ein Teller Zwiebeln vorgesetzt worden.) Bei dem grauenhaften Lunch war Henry »zu befangen, um eine Bemerkung über das Essen zu machen, und er schaffte es irgendwie, die rosige glitschige Mixtur hinunterzuwürgen«. »Unser Mann in Havanna« dagegen überlebt ein mörderisches Bankett mit Maryland-Huhn, indem er dem geliebten Dackel eines finsteren Kellners seinen vergifteten Drink einflößt. (»Der Hund brach zu Füßen des Kellners zusammen und lag da wie ein Stück Abfall.«) Der Hund von Pyle, dem »Stillen Amerikaner«, hat eine Zunge, die »wie ein verbrannter Pfannkuchen« aussieht. Die eingeschüchterten Dinnergäste des sadistischen »Doktor Fischer aus Genf« zwingen sich, den kalten Porridge hinunterzuwürgen, worauf sich einer von ihnen erbrechen muß. Bei Dr. Fischer, das haben wir bereits erfahren, »sind die Mahlzeiten grauenhaft«.

Abneigung gegen Essen hat seit dem Altertum kluge Kommentare hervorgerufen, und in unserer emsigen

Zeit mangelt es nicht an Interpretationen. Wie auch immer, in Grahams Fall hatte die Abneigung mit seiner Feindseligkeit gegen alles, was ihm aufgezwungen wurde, zu tun, ob durch Umstände, Naturgewalten oder den Willen anderer; ein unverwechselbares, immer wiederkehrendes Motiv in jenen Jahren. Die Hilflosigkeit oder Vertrackheit unserer menschlichen Konstitution mit ihren aufgezwungenen Bedürfnissen und Sehnsüchten weckte bei Graham einen Groll, der vor allem in seinen Reaktionen auf Frauen zu beobachten war. Einen Großteil seines Lebens hatte er – in der Liebe und in seinen Büchern – mit dem Paradox von Lust und Erfüllung, Illusion und Selbstekel, Ekstase und Schuld gerungen. Man konnte sich gut vorstellen, daß er die Ansicht teilte, die Plutarch Alexander dem Großen – einem anderen enthaltsamen Esser – zuschreibt, daß nämlich »Schlaf und der Zeugungsakt ihm vor allem anderen bewußt machten, daß er nur ein Sterblicher war«.

Obwohl immer wieder als »Schriftsteller seiner Zeit« hingestellt, entzog sich Graham lange der Einordnung in eine literarische Kategorie. Seine besten Romane, mit ihrer entwaffnenden Mischung aus Witz, Abenteuer und einsamem Verhängnis, sind nicht veraltet; und er selbst, der immer mit Ungeduld und Skepsis der nächsten Episode des Lebens entgegensah, schien »zeitlos« zu sein. Doch in einer Beziehung – in seiner

Haltung gegenüber Frauen – blieb er als Mann wie als Schriftsteller seinen frühen Jahrzehnten verhaftet.

Von den Zwanzigern bis in die vierziger Jahre schrieben Greene und andere seiner talentierten männlichen Zeitgenossen über die engen Zusammenhänge von Angst und Intelligenz, Zorn und Gefahr, Sexualität und Sensibilität und stellten der nichtigen Eitelkeit und dem schädlichen Einfluß etablierter Macht eine ironische, individuelle Menschlichkeit gegenüber. Ihre erzählerischen Bücher kreisten oft darum, wie man es fertigbrachte, ein schwermütiger, kluger, dünnhäutiger – und gelegentlich zum Trinken neigender – Literat zu sein und einer hübschen, beherzten, sich selbst verleugnenden jüngeren Frau treue Ergebenheit abzuverlangen. Es waren offensichtliche Elemente im Leben der gebildeten Schichten Englands, zwischen den Geschlechtern und zwischen den Kriegen, die sich von da an immer weiter durch Grahams Bücher zogen, im »Stillen Amerikaner« vorübergehend orientalisiert.

Die männlichen Romanciers jener Jahre beschrieben Frauengestalten, als wären Elizabeth Bennet, Dorothea Brooke, Becky Sharp und Emma Bovary nie geschaffen worden. Frauen sollten bestenfalls Dienerinnen des Mannes sein oder ihm sexuell zur Verfügung stehen. In seiner Essay-Sammlung »Enemies of Promise« spricht Cyril Connolly vom grausamen Schicksal guter Schriftsteller – für ihn ausschließlich männlichen Geschlechts –, die dumm genug sind, sich auf eine Heirat einzulassen, ein Schicksal, das nur durch ein ausreichendes Vermögen oder eine Frau, die nicht nach Selbstverwirklichung strebt, gemildert werden kann:

> … eine Ehefrau, die intelligent und selbstlos genug ist, um zu verstehen und zu respektieren, wie der unangenehme Kreislauf schöpferischer Phantasie funktioniert. Sie wird wissen, an welchem Punkt häusliches Glück Überdruß zu erregen beginnt und wann Liebe, Sauberkeit, Miete, Ratenzahlungen, Kleidersorgen, Zerstreuungen und das Klingeln an der Haustür ein Ende haben müssen, und sie wird erkennen, daß gute Kunst keinen finstereren Feind kennt als den Kinderwagen im Hauseingang.

Diese Sätze gaben Graham Greenes eigene Gefühle so genau wieder, daß er sie in »Der stille Amerikaner« seinen alternden Protagonisten, den Journalisten Fowler, zitieren läßt. Fowler hat sich auf der Flucht vor dem englischen Provinzleben, vor »dem Haus, das kein Mitleid kennt … In der Diele stand ein beschädigtes Dreirad«, in den Orient abgesetzt. Fowlers junge vietnamesische Geliebte, die kleine Phuong, ist ein Spielzeug für ihren Liebhaber, immer zugegen, in seinem Zimmer oder in seinem Bett, wenn er sie braucht, und sonst zuvorkommend inexistent. Während sie Fowlers Opiumpfeife richtet, liegt »sie zu meinen Füßen wie ein Hund auf dem steinernen Grabdeckel eines Kreuzfahrers«.

Sowohl Connolly als auch Greene hatten außergewöhnlich unglückliche Affären – bei Connolly war es eine Ehe – mit hübschen, dynamischen Frauen, die ihren Veranlagungen und ihren Ambitionen nach weit entfernt vom häuslichen Ideal in ihren Romanen waren. Der mit Kinderwagen und Dreirädern vollgestopfte englische Hausflur trieb Graham und seine Romangestalten zu entlegenen Plätzen, doch der Traum von der sich unsichtbar machenden Frau durchzieht sein ganzes Werk. Sarah Miles in »Das Ende einer Affäre« ist Catherine Walston nachempfunden, die im Haus ihres Ehemanns im Reichtum lebte und unbefangen mit einflußreichen Persönlichkeiten ihrer Zeit verkehrte. Die fiktive Sarah, die in einer ähnlich privilegierten Umgebung lebt, erwägt, ob sie ein glücklicheres Leben führen würde, wenn sie ihren langmütigen Ehemann verließe und zu ihrem Liebhaber ginge, der Schriftsteller ist. Obwohl noch jung, kommt Sarah gar nicht auf den Gedanken, unter veränderten Bedingungen ihre eigenen latenten Fähigkeiten zu entwickeln. Statt dessen überlegt sie: »Aber allein dadurch, daß ich ihm beim Tippen half, müßten wir fünfzig Pfund im Jahr einsparen.«

Rose in »Am Abgrund des Lebens« ist buchstäblich bereit, aus Liebe zu sterben: »Ich tue alles für dich. Sag mir, was ich tun soll.« In dem Theaterstück »Der letzte Raum« stirbt Rose dann tatsächlich aus Liebe – sie nimmt sich das Leben: »Du mußt nur sagen, was du willst. Ich bin schrecklich gehorsam.« In Grahams frühen Romanen ist Talent etwas Suspektes. Junge Frauen dürfen lustig und lebhaft sein, aber nie tüchtig. Als Louise, Scobies langweilige, weinerliche Ehefrau in »Das Herz aller Dinge« vorschlägt, für die Dauer des Krieges eine Arbeit anzunehmen, antwortet ihr gutmütiger Ehemann: »Ich hoffe, wir werden auch so zurechtkommen.« Scobies Geliebte, Helen, ist mit ihren neunzehn Jahren auf beruhigende Weise unfähig: »›Nein‹ sagte sie, ›ich kann wirklich gar nichts.‹« Helen, von einem Rettungsboot geborgen, ist in einer Wellblechhütte untergebracht worden, wo Scobie sie besucht. Da sie ihn liebt, hat sie, bildlich gesehen, Schiffbruch erlitten und ist ohne Ziel oder Hoffnung. Die Hilflosigkeit macht ihre Anziehungskraft aus: »Er sollte nie vergessen, wie man sie in sein Leben trug – auf einer Krankentrage.« Hier ist es der Held Scobie, der, zwischen zwei abhängigen Frauen hin und her gerissen, seinem Leben ein Ende macht.

Graham war herzlos genug, den Namen Henry, auf den Catherine Walstons Ehemann getauft worden war, auch dem betrogenen und lächerlichen Ehemann in »Das Ende einer Affäre« zu geben. Der Roman, der die Intensität eines Liebesbriefes hat, enstand in den ersten Jahren der Beziehung zwischen Graham und Catherine und erschien 1951, als diese Affäre nicht etwa vorbei war, sondern noch ein ganzes Jahrzehnt dauern sollte. Henry Walston, dessen freundliche

Nachsicht mit Catherines diversen Seitensprüngen und vor allem in der Zeit ihres langen Dramas mit Graham kaum zu verstehen ist, verfolgte eine beständige Politik der Toleranz, Freundlichkeit und Unterwerfung, die anscheinend auf dem Glauben beruhte, daß seine schöne Frau ihn niemals verlassen werde. In dieser Überzeugung wurde er schließlich bestätigt, auch wenn man schwerlich von einem Sieg sprechen kann. In der Zwischenzeit hatte der geplagte Henry Scobie aus »Das Herz aller Dinge« einer ganzen Reihe von kleinmütigen Henrys seinen Platz abgetreten – Henry Miles, Henry Pulling, »armer Henry« Hawthorne (»Ich wünschte, du würdest ihn nicht Henry nennen«). In Grahams Büchern, in denen aus Henry der Inbegriff der Naivität und Impotenz geworden war, wurden sie alle der Lächerlichkeit preisgegeben.

Henry war auch einer von Grahams Namen. Graham war auf den Namen Henry Graham Greene getauft worden. Und er wurde mit diesem Namen angesprochen, bis er über zwanzig war. Bei Graham konnte ein solches Zusammenspiel verschiedener Umstände nicht unbeabsichtigt sein.

Bei einer unserer ersten Begegnungen auf Capri wollte Graham von Francis wissen, ob es »noch weitere Briefe aus Ägypten« gebe. Wir saßen vor dem Abendessen zu viert vor dem Gran Caffè, und Graham sprach von Francis' Übersetzung der Briefe Gustave Flauberts, die

1954 erschienen war. Es handelte sich um eine Auswahl, Vorläufer der umfangreichen annotierten Bände von Flauberts Korrespondenz, die Francis in späteren Jahren veröffentlichen sollte. Francis versicherte Graham, daß es in der Tat weiteres Material aus dem Orient gebe – Briefe, Tagebücher und andere Aufzeichnungen: »Eine Menge guter Sachen.« Von einigen hatte man lange geglaubt, daß sie ihrer Obszönität wegen nicht in englischer Sprache veröffentlicht werden könnten, ein Hindernisgrund, der nun aufgrund veränderter Moralvorstellungen in England – nach dem Lady Chatterley-Prozeß von 1959 – nicht mehr bestand.

Graham erklärte, für Verleger bedeute Obszönität heutzutage »eher einen Anreiz als ein Hindernis«. Ich erinnere mich, daß er unter Hinweis auf sein eigenes Werk hinzufügte: »Ich selbst mache nicht viel dergleichen.« Falls Francis vorhabe, eine erweiterte Fassung von Flauberts Bericht über seine Orientreisen zwischen 1849 und 1850 zu übersetzen und herauszugeben, bot er an, sich bei dem Londoner Verlag The Bodley Head, deren Leitung er damals angehörte, für eine Veröffentlichung zu verwenden. Das Buch erschien erstmals 1972 unter dem Titel »Flaubert in Egypt«. Francis dachte gern daran zurück, wie an einem Maiabend auf der Piazzetta von Capri bei einem Whisky seine Entstehung beschlossen worden war. Flaubert, der sich 1851 auf dem Rückweg von seiner Reise in den Nahen Osten in Neapel aufhielt, war, wie er es formuliert hatte, »drauf und dran gewesen, nach Capri zu fahren, und wäre beinahe dort geblieben – in der Tiefe«. Er hatte auf stürmischer See eine Bö nur knapp überlebt. Da Grahams literarische Anregung auf Capri erfolgte, konnte man dies als eine späte Versöhnungsgeste der Insel in Richtung Flauberts betrachten.

Graham war damals als Berater bei The Bodley Head. Er brauchte sich nicht um die täglichen Geschäfte des Verlags zu kümmern, sondern führte ihm neue Autoren zu. Er las Manuskripte und – aus Gewohnheit und Vergnügen – viele neue Bücher und Rezensionen. Die Buchseiten des *Observer* und der *Sunday Times*, in denen regelmäßig Kritiken literarischer Kollegen Grahams erschienen, wurden jeden Montag mit unverminderter Neugier vom Zeitungskiosk in Anacapri geholt und beim Abendessen erwähnt. An amerikanischen Zeitschriften las Graham gewöhnlich den *New Yorker* und die *New York Review of Books*. Der *New Yorker*, in dem nur einmal etwas von ihm erschienen war, wurde mit manch herbem Tadel bedacht. Die 1941 veröffentlichte Kurzgeschichte »Männer an der Arbeit« ist eine satirische Beschreibung der pompösen Bedeutungslosigkeit eines Ministertreffens vor dem Hintergrund der Luftangriffe auf das kampfbereite London: ein Thema, das während des Krieges in der britischen Literatur frei und ironisch erörtert wurde und in Nigel Balchins meisterhaftem kleinen Roman »The Small Back Room« aus dem Jahre 1943 gipfelte.

Eine von A. J. Liebling verfaßte und am 7. April 1956 im *New Yorker* veröffentlichte Besprechung des Romans »Der stille Amerikaner« wurmte Graham zu Recht und kam, als wir uns das erste Mal über den Vietnamkrieg unterhielten, zur Sprache. In der naiven, strafenden Kritik wurde die Möglichkeit abgetan, daß sich die Regierung der Vereinigten Staaten je in einen todbringenden Konflikt einlassen würde, und die Verantwortungslosigkeit des Autors wurde als bewußter Frevel verdammt. Selbst im ernsten Amerika jener Zeit war es ein denkwürdig einfältiger Artikel für einen erfahrenen Journalisten, und als Graham davon sprach, lächelte er sein eigentümliches Lächeln, das Verachtung und Zorn ausdrückte. Die späteren beredten Enthüllungen der Zeitschrift über Amerikas Rücksichtslosigkeit in Südostasien befriedigten ihn, konnten ihn jedoch nicht versöhnen.

Ich hatte Lieblings Artikel seit der Zeit seiner Veröffentlichung aufbewahrt, als erwartete ich, daß er eine Rechtfertigung fände. Dieser Fall trat nicht ein. Zwanzig Jahre und einen langen Krieg später gab ich ihn einem Freund, der damals über Vietnam schrieb.

Langjährige Erfahrungen als Journalist und im Verlagswesen hatten Graham nicht nur Augen und Ohren für junge Talente, sondern auch für gut verkäufliche Bücher geschärft. Wenn ein neues Buch Kraft besaß, störte ihn ein opportunistisches oder auch reißerisches Element nicht unbedingt, doch am Ende beruhte sein Urteil auf literarischen Kriterien, und in seiner Achtung vor Sprache kannte er keinen Kompromiß. Von Frauen, die schrieben, erwartete er in der Regel eine gewisse Unerbittlichkeit als Gegengewicht zu ihrer Sensibilität, einen zynisch-ironischen oder bizarren Zug, eine vom Geschlecht unabhängige Strenge, wie er sie zuerst in »The Viper of Milan« entdeckt hatte. Gegen von Frauen verfaßte respektlose Beschreibungen von Beziehungen zwischen den Geschlechtern konnte er schwer zu Felde ziehen, und von intelligenten Frauen geschriebenen Liebesgeschichten begegnete er eher mit Mißtrauen. Als er mir einmal sagte, er habe Jane Austens »Stolz und Vorurteil« nie gelesen, wollte er damit auch sagen, daß er nicht die Absicht habe, es je zu tun.

Wenn ihm ein Buch gefiel, geizte er nicht mit Zeit oder öffentlichem Lob. Er war ein begeisterter Leser. Ein neues Buch war für ihn immer eine Chance, ein Versprechen. Ich glaube, dies war seine einzige beständige Form von Optimismus.

Obwohl Graham Anstoß daran nahm, daß er von der Presse als »katholischer Schriftsteller« oder »katholischer Romancier« bezeichnet wurde, hatte er ein besonderes Interesse an Literatur, in der Katholizismus eine Rolle spielte, und mehrere der von ihm protegierten und bevorzugten jüngeren Schriftsteller waren Katholiken. Ebenso hielt er fest an seiner Vorliebe für Bücher über Pilgerfahrten, über schwierige Abenteuer in den wenig bekannten, entlegeneren Regionen der Welt. Wir reagierten auf Bücher meistens ähnlich, fast immer, wenn es um ältere Literatur ging; doch hatte Graham unüberwindliche Antipathien und fällte seine barschen Urteile mit einer Vehemenz, die ein Gespräch erst gar nicht aufkommen ließ. Ungeachtet der Flut von zeitgenössischer Literatur bewahrte er eine klare Erinnerung an Werke, die ihm gefallen hatten – ein einzelner Roman, die Memoiren eines Unbekannten, eine Sammlung beißend-satirischer Erzählungen – und behielt den Namen des Autors lange im Gedächtnis. Als er hörte, daß wir den Romanautor Frank Tuohy kannten, der seit einiger Zeit nichts mehr veröffentlicht hatte, fragte Graham ungehalten: »Und was ist aus Tuohy geworden? Wo ist Tuohy? Tuohy ist gut.« Da seine eigene Kreativität beinahe bis zu seinem Tod ungebrochen war, reagierte er mit Ungeduld auf das zeitweilige Verstummen anderer.

Er schätzte die kaufmännische Seite des Verlegens nüchtern ein, vertrat aber selbstverständlich den Standpunkt des Schriftstellers. Als er erfuhr, daß ein junger Schriftsteller, den er mit Erfolg bei The Bodley Head untergebracht hatte, bald darauf wieder fallen gelassen wurde, sagte er uns: »Sie behaupten, sein neues Manuskript gehöre nicht zu seinen besten Arbeiten. Aber man kann nicht immer in Bestform sein.«

Graham vertraute darauf, daß Max Reinhardt, der Leiter von The Bodley Head, den Rang und die Rentabilität des Verlages aufrechterhielt. Auch in persönlicher Hinsicht verließ er sich auf Reinhardts Ausgeglichenheit und Umsicht. Als der italienische

Verleger Giangiacomo Feltrinelli im März 1972 ums Leben kam, wie es schien durch einen Sprengkörper, der mit Feltrinellis eigenen Untergrundaktivitäten zu tun hatte, schrieb uns Graham, daß man sich von seinem Verleger doch eine gewisse Stabilität wünsche: »Ich kann mir Max nicht vorstellen, wie er unter einem Hochspannungsmast von einer Bombe zerrissen wird.«

Graham Greene kam nach Capri nicht wie frühere Generationen ausländischer Schriftsteller und Künstler, die für die Geschichte und Schönheit der Insel empfänglich und begierig auf neue Erfahrungen waren. So wie viele seiner Reisen eingestandenermaßen Fluchtbewegungen waren, galten insbesondere seine Besuche auf Capri dem Ziel, »weit weg zu sein« von Routine und Unterbrechungen und der sich daraus ergebenden Gefahr der Langeweile in Antibes. Und zugleich waren sie eine Möglichkeit, mit der geliebten Frau allein zu sein, was auch seiner Arbeit zugute kam.

Er blieb nie länger auf der Insel. Vor oder nach seinen kurzen Aufenthalten im Frühling und im Herbst in seinem Haus in Anacapri verbrachte er manchmal ein paar Tage an anderen italienischen Orten, die ihm aus der Zeit mit Catherine Walston vertraut waren. Mit Yvonne verbrachte er ein paar Tage in Ravello oberhalb von Amalfi. Und wenn sie mit dem Zug reisten, übernachteten sie in Rom im Grand Hotel in der

Nähe des Bahnhofs. Selbst auf diesen kurzen Reisen suchte Graham nicht nach heiterer Gelassenheit. Seine Briefe berichteten oft ohne den geringsten Verdruß von sanften Unterbrechungen der Routine. (»Als wir nach Rom kamen, fanden wir in jeder Etage des Grand Hotel Polizisten vor, weil die Queen erwartet wurde. Während unserer Siesta standen wir im Pyjama am Schlafzimmerfenster und beobachteten ihre Ankunft.«) In den siebziger Jahren besuchte er Harold Acton in Florenz und Kenneth Macpherson – eine frühe Capri-Bekanntschaft, die Norman Douglas vermittelt hatte – in einer anderen schönen Villa in Cetona. Capri war für Graham eine Unterbrechung von allem anderen. In Il Rosaio setzte er sich jeden Morgen an die Arbeit – »Ich muß meine 350 Wörter schreiben« – und nahm die Gewohnheiten seines Insellebens auf. Es war die Simulation eines Zuhauseseins, soweit er es ertragen konnte.

Seine Gefühle zu Il Rosaio – wie auch zur Welt im allgemeinen – hingen von den jeweiligen Umständen und seinem Gemütszustand ab. Er erzählte uns, er habe, bald nachdem er das Haus gekauft hatte, immer wieder erwogen, es zu verkaufen. Als er in den frühen siebziger Jahren wieder einmal davon sprach, daß er Il Rosaio verkaufen wolle, erklärte er: »Ich habe eine eigenartige Beziehung zu Capri. Eigentlich ist das nicht der richtige Ort für mich.« Als Francis fragte: »Und was wäre der richtige Ort für Sie?«, lachte er und zuckte die Schultern. »Nun ja, jedenfalls nicht

Antibes. Aber … sie ist dort.« Sie, das war inzwischen und bis zu seinem Tod Yvonne.

In den ersten Jahren auf Capri suchte Graham, wenn ihm der Sinn danach stand, die Gesellschaft einer Handvoll lebhafter, literarisch orientierter Landsleute, die auf der Insel wohnten, oder anderer englisch sprechender Besucher. Er hat Norman Douglas in dessen letzter glanzvollen Periode erlebt – damals in seiner späten, menschenfreundlichen »Onkel Douglas«-Phase –, der bald darauf von lähmenden Krankheiten befallen wurde, die ihn dazu bewogen, sich 1952, im Alter von 83 Jahren, das Leben zu nehmen. Douglas' viele verschiedene Leben hat Mark Holloway in einer 1976 in England erschienenen Biographie wunderbar beschrieben.

Auch in seinen letzten Jahren zog Douglas immer noch Besucher aus England und von anderswo an; Bewunderer seines Werkes, die manchmal selbst Schriftsteller waren, und andere, die neugierig waren und eine Stunde in Gegenwart einer nicht klassifizierbaren, weithin bekannten Gestalt aus den damals noch literarischen Zeiten verbringen wollten. Douglas war inzwischen der Doyen und einzige Überlebende mehrerer Generationen ins Ausland gegangener begabter Menschen aus England, Nordeuropa, Rußland und Amerika, die im 19. und bis ins 20. Jahrhundert hinein sporadisch auf Capri lebten. Francis, der sich 1950 auf der Insel aufhielt, hatte den zerknitterten alten Weisen mehrmals an dem für ihn reservierten Tisch draußen vor der Bar Vittoria (heute das Caffè Funiculare) sitzen sehen, von wo man einen herrlichen Blick auf den Golf hat. Er selbst nahm dort Platz, um die homerische Szenerie von Ischia auf der einen, bis zum Vesuv auf der anderen Seite zu genießen – und dazwischen, im glühenden neapolitanischen Licht ausgebreitet, die Großstadt, deren pastellfarbene Palazzi nach Worten, die Charles Dickens in Neapel sagte, »zu Würfeln dahinschmelzen«.

In der Bar Vittoria nahm Douglas die Huldigungen seiner durchreisenden Bewunderer und die ihm angebotenen, in jenen mageren Jahren höchst willkommenen Gläser Wein und Whisky entgegen. Die etwas rücksichtsvolleren Jünger hinterließen ihm Briefchen, in denen sie um eine Begegnung baten; andere präsentierten sich ihm unaufgefordert an seinem Tisch. Francis, der das beobachtete, hielt sich zurück, bedauerte allerdings die versäumte Gelegenheit zu einer kurzen Begegnung mit diesem, wie es schien, letzten noch lebenden Relikt einer heidnischen Welt: Universalgelehrter, Pädophile, Klassizist, Satyr und Wissenschaftler, früher einmal Ehemann und Vater, und neben zahlreichen anderen Büchern Autor von »Old Calabria« und »Looking Back«. »Schön, humorvoll, unverbesserlich« saß er laut Francis da, das Ende seiner langen Affäre mit dem Land der Sirene vor Augen.

Den Titel von Douglas' bekanntestem Roman, »Südwind«, mußte ich in meiner Kindheit irgendwann gehört haben. Als ich das Buch als Jugendliche zum ersten Mal las, stellte ich mir den *scirocco* als eine schwüle Brise vor, die zu den wollüstigen Szenen von Lawrence Alma-Tadema paßte, denen der Golf von Neapel oft als Hintergrund für seine »römischen« Gemälde diente. Als ich mit Anfang Zwanzig zum ersten Mal in Italien und in Neapel lebte, lernte ich die Realität dieses von Dante beklagten schweren Windes kennen, der Sand aus dem erodierten Afrika und atlantische Feuchtigkeit nach Italien trägt und roten Staub und schwarze Düsternis verbreitet, bevor er sich in Regen auflöst, und laut Norman Douglas das etwas exotische Verhalten der lokalen Bevölkerung erklärt.

Bei Douglas' Beerdigung an einem kalten Februartag des Jahres 1952 waren die einfachen Capresen zugegen: Schweigend folgten die Männer dem Sarg, der von der Piazza zum Friedhof getragen wurde; für Frauen wäre es damals anmaßend gewesen, am Kopf eines Trauergeleits zu gehen. Fotografien vermitteln etwas von der grauen, gravitätischen Atmosphäre vergangener Zeiten und von dem feierlichen Ernst der Arbeiter in ihren schwarzen Sonntagsanzügen: eine durch den Tod verursachte Arbeitsunterbrechung. Auf dem nicht-katholischen Teil des Friedhofs finden sich die vernachlässigten Grabsteine vieler Ausländer, die auf der Insel lebten und starben. Dazu gehört auch Douglas' Grab mit dem langen dunkelgrünen Marmorstein, in den sein Name, seine Lebensdaten und eine schlichte Zeile von Horaz eingemeißelt sind:

»Omnes Eodem Cogimur« – Wo wir alle uns versammeln müssen. Dasselbe Zitat wählte Kenneth Macpherson als Titel für ein Erinnerungsbuch, das er bald nach Douglas' Tod schrieb. Das mit Fotografien von Islay Lyons ausgestattete Buch, schön gedruckt und in passendes violettes Leinen gebunden, wurde an seine Freunde verschenkt und später von einigen wenigen Außenstehenden erworben. Die verbliebenen Exemplare, unbedacht auf Capri gelagert, verschimmelten, als Macpherson die Insel verließ, zuerst in die Toskana und später nach Thailand ging.

In den letzten Jahren lebte Douglas bei Macpherson, in einer eigenen Wohnung in der Villa Tuoro auf Capri, wo Macpherson mit Islay Lyons damals den größten Teil des Jahres verbrachte. Macpherson, Schriftsteller und Filmemacher, dessen Vermögen größtenteils von seiner früheren Frau, der Schriftstellerin »Bryher« stammte, starb 1971. Nach Lyons' Tod im Jahre 1996 veröffentlichte sein Erbe, Manop Charoensuk, einen Band mit seinen Fotos, von denen einige das Capri der Nachkriegszeit, wie Douglas und Greene es kannten, noch einmal ins Gedächtnis rufen.

Graham würdigte Douglas, indem er die Einführung zu dessen letztem Werk, »Kochbuch der Venus«, schrieb, einem aphrodisischen Kochbuch, das kurz nach seinem Tod erschien. Das knappe Vorwort ist womöglich Grahams lebendigstes und ein wahrhaft liebevolles Porträt eines Freundes, »der konsequent frei, tolerant und ohne Scham lebte«. Greene beschreibt darin, wie Douglas in seinen letzten Monaten an seinem Tisch draußen vor der Bar Vittoria am Rand eines Capreser Kliffs thronte:

> … an den Grenzen eines Reiches, das er selbst Haus für Haus, Person für Person, Legende für Legende erschaffen hatte … Unter den Schatten wird er sich der Erfolge freuen, die wir dank seiner Rezepte erlangen, und über unsere schändlichen Schlappen wird er vor Lachen bersten. Er wird alle Anmerkungen und Zusätze zu schätzen wissen, soweit sie genau, geschliffen und wohlabgewogen sind, und wenn sie nur nicht in tadelnswerter Weise den Stempel eines kalten Temperaments tragen. Denn auch seine äußerste Nachsicht hatte ihre Grenzen. Er liebte zu sehr das Leben, um Geduld mit den Tugendaposteln und Eiferern zu haben. Er war ein Gentleman und verabscheute die Lümmel.

Graham Greene erwarb Il Rosaio zu der Zeit, als es mit Norman Douglas zu Ende ging. Da damals sein eigener weltweiter Ruhm einsetzte, hätte er eine neue Besucherwelle englischer Literaten auf Capri auslösen können. Doch damit war es jetzt vorbei. Schriftsteller kamen nach wie vor und immer wieder auf die Insel, und einige lebten, so wie wir, von Zeit zu Zeit dort. Doch es gab nie wieder eine Schriftsteller- oder Künstlerkolonie eng miteinander verbundener und streitsüchtiger Ausländer wie in der Vergangenheit, die am Kamin des einen oder anderen das Ende des feuchten Winters abwarteten: klatschend und streitend, lesend und schreibend in ihren alten, nach wie vor bezaubernden Häusern. Douglas war in der langen Geschichte von Capris Ausländerkolonie ein letzter Bezugspunkt gewesen, und Graham war die letzte bekannte Persönlichkeit, die davon profitierte: Er wurde bei seiner Ankunft in das ungezwungene, lebendige und exzentrische Milieu aufgenommen, das durch Douglas' Präsenz zusammengehalten wurde und mit seinem Tod auseinanderbrach.

Anfang der sechziger Jahre hatte sich der Kreis von Grahams englisch sprechenden Freunden auf Capri aufgelöst: Sie waren gestorben oder fortgezogen. Der Bauingenieur Edwin Cerio, zeit seines Lebens eine beherrschende Gestalt auf der Insel, starb 1960 im Alter von 84 Jahren. Cerio, der einiges Genie besaß und durchaus großzügig sein konnte – er trug auf phantasievolle Weise zum Naturschutz und zur Kultur auf Capri bei –, hat leider den nachhaltigen Eindruck von Opportunismus und Prinzipienlosigkeit hinterlassen. Sein Vater, Ignazio Cerio, ein Arzt aus den Abruzzen, ließ sich um 1860 auf Capri nieder und wurde ein bedeutender und vielgeliebter Wohltäter der Insel, doch konnte er keinem seiner drei Söhne, von denen Edwin der begabteste, energischste und weltläufigste war, seine eigene schlichte Gutherzigkeit vermitteln. So lange, bis seine Autorität von den Imperativen des Faschismus überschattet wurde, herrschte Edwin Cerio auf Capri als wohltätiger Despot mit dynastischen Ambitionen, die sich in zwanghaftem Besitzerwerb konkretisierten, sich aber in Ermangelung eines legitimen männlichen Erben nicht erfüllten.

Graham hatte Cerio in den Nachkriegsjahren kennengelernt, auch durch Douglas, und seine Freundschaft mit Cerios Tochter Laetitia sollte sein Leben lang andauern. Laetitia, eine vorzügliche Malerin und Sprachforscherin, wurde mit fortschreitendem Alter ihrerseits eine Doyenne unter den Persönlichkeiten der Insel. Als elegante und kapriziöse *grande dame* stand sie im Mittelpunkt der Ereignisse und der Institutionen der Insel. Laetitia starb, fast Neunzig, im Jahr 1997.

Ian Greenlees, ein gebildeter und unabhängiger Geist, war von Capri nach Florenz gezogen, wo er jahrelang das British Institute leitete; doch er behielt und besuchte regelmäßig sein pittoreskes altes Haus in Anacapri, die Villa Fraita, die er Ende der vierziger Jahre von dem Schriftsteller Francis Brett Young erworben hatte. Mit seinem Äußeren, seinen Manieren und seiner Blässe sah er aus wie ein Doppelgänger von Sidney Greenstreet. Dank seines langen Lebens in Italien bewahrte Ian bestimmte und für manche Kreise unbequeme Erinnerungen an die Drangsal, der das Land unter dem Faschismus ausgesetzt war.

Sehr gern mochte Graham Gracie Fields, die sich abwechselnd in ihrer Wohnung am Strand von Marina

Piccola an der Südküste Capris oder in einem Haus in Anacapri aufhielt. Gracie war einfach, humorvoll und scharfsinnig, und sie verfügte über große menschliche Qualitäten. Auch sie war ihren frühen Erfahrungen treu geblieben. Sie war eine hübsche Frau, und mit ihrem weißen Haar und den hellen Augen hatte sie nichts von einer aufgeputzten Sängerin an sich: Eher war da ein Hauch von Verletzlichkeit. Sie erzählte, wie es mir auch andere Frauen manchmal anvertraut haben, sie habe nie eine wirklich erwiderte Liebe gekannt. Sie wurde von Touristen aus England, vor allem aus Lancashire, aufgespürt, denen sie großzügig ihre Zeit, ihr breites Lächeln und sogar ihre Songs schenkte; bis zu einem gewissen Grad genoß sie den Ruhm. Als Gracie und ich einmal zusammen auf einem abgelegenen Weg gingen, wurden wir von zwei Paaren aus Manchester angehalten, die aufdringliche Schnappschüsse von ihr machten und sie übermäßig lange aufhielten. Als wir schließlich weitergingen, bemerkte Gracie: »Ach, meine Liebe, es ist gut, daran erinnert zu werden, daß unser eigenes Los so stumpfsinnig sein kann wie das eines jeden anderen.«

Solche sich hinziehenden Begegnungen wurden – typisch italienisch – als Teil der Szenerie und als Beitrag zu ihrer Geschichte akzeptiert, zusammen mit anderen Ausländern, die nicht unbedingt berühmt, aber doch außergewöhnlich waren.

Zu den Bekannten, die Graham gelegentlich auf Capri traf, gehörte der Schotte John Cairncross, ein

Mann aus Grahams Geheimdienst-Zeit und ein ehemaliges Mitglied der Gruppe der »Maulwürfe« von Cambridge, von denen er sich seit langem losgesagt hatte. In den Jahren, in denen Cairncross bei der Ernährungs- und Landwirtschaftsorganisation der Vereinten Nationen in Rom tätig war, hatte er ein hübsches Haus nahe der Küste von Anacapri, das kurze Zeit, nachdem wir unsere Zimmer auf Capri gemietet hatten, verkauft wurde.

Nach dem Krieg, von Mitte der vierziger Jahre an, hatten sich zuweilen jüngere italienische Schriftsteller, deren Talente nach der Finsternis der faschistischen Jahrzehnte zutage traten, auf Capri aufgehalten. Graham kannte Mario Soldati, der ein Frauenliebhaber und Weinkenner war, und Alberto Moravia, der mit seiner Frau, der Romanschriftstellerin Elsa Morante, seit langem mit den Inseln im Golf von Neapel vertraut war; während des Faschismus hatte er eine Zeitlang in der Region in der Verbannung gelebt. Nur wenige dieser Schriftsteller blieben lange auf der Insel oder hatten den Wunsch, sich dort langfristig als Gruppe zu konstituieren. (Eine Ausnahme war der Romancier Raffaele La Capria, der später ein Haus am Steilhang des Monte Solaro erwarb.) Es war eine Zeit der politischen und geistigen Umwälzungen in Europa, und überall in den Städten bildeten sich Gruppen. Unter denkenden Menschen schwand das Bedürfnis nach Rückzug und Reflexion; an seine Stelle traten Spontaneität, selbstbewußtes Auftreten und öffentliches Engagement. Auch die Begriffe von Raum, Zeit, Territorium wandelten sich. Der unter der Diktatur und während des Krieges aufgestaute Wunsch nach ungehinderter Bewegung war freigesetzt, bei kurzen Streifzügen zu entlegenen Plätzen suchte man keine Offenbarung, sondern das Neue.

Neapel selbst, das die Bombardierungen und die durch Diktatur und Kriegshandlungen angerichteten Verheerungen in einen Trümmerhaufen verwandelten, zog damals und noch lange kaum Besucher an. Doch wer Neapel damals kennenlernte, fühlte sich der Stadt ein Leben lang verbunden.

Nordländer auf der Suche nach südlicher Sonne und Freizügigkeit fühlten sich, wie schon in den vergangenen Jahrhunderten, nach wie vor von der wunderschönen Umgebung Neapels angezogen; doch irgendwie machte sich der Eindruck breit, daß das nun schon so lange berühmte Capri langweilig geworden sei. Unabhängige Reisende, die sich an diese Küsten verirrten, suchten nun eher in der Nähe von Positano oder Amalfi oder an den sandigeren und einsameren Küsten unberührter Inseln wie Ischia und Procida oder auf dem entfernteren Ponza Quartier. Doch solche einsamen Besucher waren inzwischen ein schwindendes Phänomen. Der Massentourismus begann seinen Siegeszug. Und Freizügigkeit sollte schon bald ein weltweiter Imperativ werden.

1948, als Graham Greene Il Rosaio in Besitz nahm, trafen W. H. Auden und sein Gefährte Chester Kallman auf der Nachbarinsel Ischia ein – Vorläufer einer Bewegung, an die sich die Ischitaner bald gewöhnen sollten. Ischia, erheblich größer als Capri und in jenen Jahren weit weniger mondän, bot leicht zugängliche Strände und die Weite einer schönen, hügligen, aus erloschenen Vulkanen entstandenen Landschaft; wie sich herausstellen sollte, geeignet für neue, moderne Straßen und Autos und für eine intensive Bebauung, im Gegensatz zu Capri mit seinen Kalksteinkliffs und seinem dramatischen Berg. Obwohl Ischia nahe am Festland liegt, fand die Insel, die im 18. Jahrhundert als königliches Jagdrevier für die neapolitanischen Bourbonen beschlagnahmt wurde, in den Memoiren früher Reisender kaum Erwähnung. Selbst der Name Ischia (möglicherweise eine Entstellung des Wortes Pithekoussai, wie die griechischen Euböer die im siebten Jahrhundert vor Christus gegründete Kolonie nannten) war in den Nachkriegsjahren außerhalb Italiens nur wenigen bekannt, mit Ausnahme der Archäologen, die von den antiken Kunstwerken der Insel wußten, und der regelmäßigen Besucher, die wegen der heilsamen Schlammbäder und Quellen kamen.

Als Auden 1957 das sich wandelnde Ischia verließ, um in die transalpine Kälte zurückzukehren, beschrieb er den Impuls, der diese letzte kurze Welle anglophoner Talente, die sich an den neapolitanischen Gestaden austobten, ausgelöst hatte:

Aus gotischem Norden, die blassen Kinder
der Kartoffel-, Bier- und Whisky-
Schuldkultur, fahren wir wie unsre Väter südwärts
ins sonnverbrannte Anderswo aus

Weingärten, Barock, la bella figura,
in feminine Städte, wo Männer
maskulin sind …

… im Glauben, amore sei
hier besser und billiger (was zu
bezweifeln ist), oder, weil »starke Bestrahlung
keimtötend wirkt« (was eindeutig falsch ist),

andere, im gesetzten Alter wie ich,
um aus dem, was wir nicht sind, auf das,
was wir sein werden, zu schließen, eine Frage,
die der Süden sich nie stellt …

Für Graham Greene waren dies belanglose Erwägungen. Sein Interesse an Natur, am klassischen Altertum, an Architektur, bildender Kunst, an Sonnenbaden, Meditation und auch an Bazillen war äußerst begrenzt. Auch sah er sich nicht, obwohl er unverwechselbar und unauslöschlich Engländer war wie Auden, als Protagonist in regionalen Gegensätzen. Und was *amore* anging, so pflegte er sie mitzubringen. Den eiligen Kauf von Il Rosaio hatte vermutlich die sich vertiefende Liebesaffäre mit Catherine Walston ausgelöst, wie auch Grahams Wunsch, mit ihr in einem exotischen privaten Rahmen »weit weg« zu sein, weg von Ehemann, Kindern, schlechtem Wetter und ihren gemeinsamen Bekannten in England: Er wollte mit ihr und mit seiner Arbeit allein sein. Graham hatte mit Auswanderung oder Metamorphose nichts im Sinn. Greeneland, *amore* – alles begleitete ihn.

In seiner Jugend war Graham in ferne, gesetzlose Länder gereist, die er mit beachtlicher Originalität beschrieben hat. Doch die konzentrierte Arbeit an seinen Büchern hatte er immer in England getan. In einem 1948 als Buch veröffentlichten Briefwechsel mit Elizabeth Bowen und V. S. Pritchett hatte er seine Ansicht dazu dargelegt:

> Eine weitere Gefahr für fließendes Schreiben besteht darin, daß Privilegien oft trennen, und wir können es uns nicht erlauben, fern von der Quelle unseres Schreibens zu leben, wie angenehm das Exil auch sein mag. Ich gehöre zu denen, die es außerordentlich schwierig finden, außerhalb Englands zu schreiben (während des Krieges war ich eine Zeitlang dazu gezwungen), und ich scheue den Gedanken, mich von meinem Zuhause zu exilieren.

Im selben Jahr kaufte Graham Il Rosaio, ohne daß er die Absicht gehabt hätte, sich für längere Zeit in Italien niederzulassen. Wenn ich mich recht an Grahams

Bericht erinnere, wurde das Haus mitsamt seiner von den Besuchern gerühmten Einrichtung mit in Europa blockierten Geldern finanziert, vielleicht aus den Tantiemen, die er im Zusammenhang mit dem »Dritten Mann« erhalten hatte. Damals war es für Privatpersonen nahezu unmöglich, Geld aus Großbritannien mit ins Ausland zu nehmen, und von jeder von Übersee nach England mitgebrachten Summe wurden vernichtend hohe Steuern abgezogen. Mark Holloway berichtet in seinem Buch über Norman Douglas, daß Graham Greene 1948

> das Drehbuch (zu einem Film nach Douglas' »Südwind« für die italienische Gesellschaft Lux Films) schreiben sollte und aus praktischen Gründen auf die Insel kam, wo er Il Rosaio kaufte, das bezaubernde kleine Haus in Anacapri, in dem Cerio, Compton Mackenzie und Francis Brett Young gelebt und gearbeitet hatten.

Holloway erzählt weiter, daß der ältliche und gebrechliche Douglas den Weg von Macphersons abgeschiedener Villa Tuoro in Capri zum höher gelegenen Anacapri, wo sie damals wiederholt über das Drehbuch diskutierten, nur murrend zurücklegte. Da Douglas und Greene mit der Zeit jedoch enge Freunde und – wie Islay Lyons' Foto verrät (siehe Seite 134) – geistesverwandte Zechgenossen wurden, trug wahrscheinlich auch dies zu Grahams dauerhafter Beziehung zur Insel bei. Die Filmidee löste sich, wie viele derartige Wunschträume, offenbar in Wohlgefallen auf.

Jedenfalls schien das Schreiben außerhalb Englands für Graham doch keine besondere Schwierigkeit zu sein. Was Capri anging, so mochte das auf die relativ kurze Dauer seiner Aufenthalte zurückzuführen sein, wie auch auf die Distanz, die er wahrte – nicht nur zum Inselleben, sondern auch zum veränderten England seiner späten Jahre. Der Ort selbst hatte sich sehr gewandelt und für ihn viel von seiner Anziehungskraft verloren, auch wenn er ihm Anregung oder Zerstreuung bot. Darüber hinaus aber erwartete er sich immer weniger von der Muse. Der inspirierte Schmerz der frühen Romane kehrte nicht wieder, auch nicht die Intensität jener leichteren und lustigeren Bücher, die Graham als »Unterhaltungsromane« bezeichnet hatte. Geblieben war die Professionalität: der ihm eigene Blick und Ton, eine geübte, farbige Erzählweise, die das Interesse des Lesers wachhielt und ihn vorantrieb. Schärfe und Schmerz gingen immer mehr in Weltverdrossenheit über und kamen in kurzen Augenblicken von Authentizität wieder an die Oberfläche. In seinem Spätwerk hat das unverfälschte menschliche Mitgefühl seinen obligatorischen Gastauftritt wie eine alternde Berühmtheit, die kurz auf die Bühne geführt wird. Wenn Graham von Zeit zu Zeit sagte: »In Kürze kommt ein Buch von mir heraus«, fügte er gelegentlich hinzu: »Kein besonders gutes.« Trotzdem gab es nach wie vor Höhepunkte und Neuerungen. Als wir 1973 ein Exemplar seines Romans »Der Honorarkonsul« erhielten, übermittelten wir ihm in einem Telegramm unser Vergnügen an dem Buch, das von den späteren eines der unwiderstehlichsten ist. Er antwortete:

> Ich kann Ihnen nicht sagen, wie es mich freut, daß Ihnen »Der Honorarkonsul« gefallen hat. Ich halte das Buch selber für ganz gut, doch Ihr Lob wärmt mir das Herz. Ich bedaure, daß Sie und Francis nicht auf der Liste von Nixons Feinden stehen, und Sie werden mich beneiden, weil ich offenbar auf der kulturellen schwarzen Liste von Colonel Gaddhafi stehe, zusammen mit D. H. Lawrence und, merkwürdigerweise, auch Henry James.

Graham stellte beträchtliche Teile seiner Bücher während seiner Besuche auf Capri fertig. Am Abend des 18. Oktober 1978, in einer kurzen, anmutigen Rede, mit der er die Ehrenbürgerschaft der Stadt Anacapri annahm, erzählte er den geladenen Gästen in der Barockkirche von San Michele, in Il Rosaio »erledige ich in vier Wochen die Arbeit, für die ich anderswo sechs Monate brauche«. Doch Capri selbst war nie eine unmittelbare Quelle für seine erzählerische Prosa, und in seinen Erinnerungen wird die Insel kaum erwähnt. Den Vorgängen auf der Insel und ihren Bewohnern schenkte er wenig Aufmerksamkeit, und noch weniger beschäftigte ihn die immerhin erstaunliche Tatsache, daß er in Italien lebte. Die Höflichkeit und Gefälligkeit der meisten Italiener nahm er weitgehend als etwas Selbstverständliches hin, aber auch sie trugen zu seinem Wohlbehagen bei und zu der Unabhängigkeit, in der er arbeitete.

Die Altstadt Neapels jenseits des Golfs weckte nie Grahams Interesse, in seinen Augen war sie nicht mehr als eine von Menschen wimmelnde potentielle Ablenkung. Er lernte nie Italienisch: »Da ich in all den Jahren nicht mit dem Französischen zurechtkam, betrachtete ich es als sinnlos, mit einer anderen Sprache anzufangen.« Er las fließend Französisch, italienische Literatur jedoch nur in Übersetzungen. Er hatte gelernt, das Wort »Capri« mit der richtigen Betonung auf der ersten Silbe auszusprechen. Die falsche Aussprache »Caprii« stammt vermutlich von dem einst populären Lied über die Insel »Caprii«, dessen Melodie noch immer aus den Souvenirständen am Golf tönt. Hätte er je von dem alten Dialektnamen »Crapa« gehört, wie die Insel einst von ihren Bewohnern genannt wurde, hätte er uns das vermutlich wissen lassen.

Cyril Connolly, ein Weggefährte des jungen Graham im literarischen Leben Londons, versuchte eine Unterscheidung

> ... zwischen der Flucht des im Exil Lebenden, die eine elementare Sehnsucht nach Vereinfachung ist ... und der hastigen Ortsveränderung des Reisesüchtigen, der sich in der berauschenden Bewegung nicht finden, sondern verlieren will.

Ich vermute, daß Graham zu einer bestimmten Zeit in seinem Leben von beidem getrieben wurde, und, etwas weniger bewußt, auch von dem Wunsch, die gefährlichen Grenzen seiner Welt auszuprobieren, daß die Sucht und die Berauschtheit jedoch durch den Gleichmut in zunehmendem Alter abgemildert wurden. Das Rückreiseticket des Jet-Zeitalters und die erhebliche Verkürzung der Reisezeit hatten das Risiko und die Härte erodiert, die Graham einst bewogen hatten, seine einsamen Expeditionen zu geheimnisvollen Orten zu unternehmen. Was bis dahin weder wahrgenommen noch beschrieben worden war, wurde jetzt das gemeinsame Ziel von Gruppenreisen. Grahams Reisen nach Mittel- und Südamerika, nach Zentral- und Südafrika und in die Sowjetunion folgten systematischen Plänen und waren in den fünfziger Jahren getrieben von dem Wunsch, ein Unglück gegen ein anderes einzutauschen; später waren es der Reiz politischer Umwälzungen und die Suche nach Themen für ein neues Buch. Dazwischen kam er immer wieder kurz nach Capri zurück.

In Il Rosaio war Grahams Tagesrhythmus immer der gleiche: Am Morgen arbeitete er in seinem Studio, am späten Nachmittag machte er einen Spaziergang mit Yvonne, vielleicht den halbstündigen Weg auf dem Mígliera genannten Pfad, der durch die Umgebung von Anacapri führt und bei den spektakulären Kalksteinklippen an der westlichen Spitze der Insel endet. Abends fuhren sie mit dem Bus hinunter in die Stadt, wo sie auf der Piazza einen Drink zu sich nahmen und anschließend wie gewöhnlich zu Gemma gingen. Die Inselbewohner, wie die meisten Touristen, waren diskret, wenn sie ihn erkannten. Sie respektierten sein Privatleben, und womöglich spürten sie seine reservierte Haltung nicht nur ungewünschter Aufmerksamkeit, sondern auch dem Ambiente gegenüber. Versuche von offizieller Seite, ihn als Freund und Fürsprecher für Capris künstlerische Tradition einzuspannen, scheiterten an dieser Distanziertheit: Greene war nie ein lokales Phänomen, nie mit dem Ort oder seinen Einwohnern intim. Er war auf Capri anwesend, man sah ihn, aber er erweckte nie den Eindruck, daß er dazugehörte.

Nichts hinderte Graham indessen daran, sich von Zeit zu Zeit kritisch zu den, wie er es nannte, gesellschaftlichen und politischen »Launen« der Insel zu äußern.

Ende der siebziger Jahre berichtete Raffaele Vacca, Mitglied des Stadtrats von Anacapri, Francis und mir von dem Wunsch der Gemeinde, Graham Greene die Ehrenbürgerschaft anzutragen. Vacca, der Urheber dieses freundlichen Vorschlags, bat uns, die Idee Graham nahezubringen. Das taten wir umgehend, wobei wir betonten, daß wir lediglich eine Botschaft übermittelten – und wir waren uns bewußt, daß Graham, der bald nach Capri kommen sollte, die Gelegenheit nicht versäumen würde, den Überbringer der guten Botschaft zu bestrafen.

Kaum war Graham eingetroffen, schon schalt er

uns wütend, wir hätten ihn in Angelegenheiten der Gemeinde verwickelt. Das war völlig absurd, und wir sagten das auch. Francis meinte: »Wenn Sie die Sache so sehen, verstehe ich nicht, warum Sie nicht einfach ablehnen.« Es war klar, daß Graham die Ehrenbürgerschaft annehmen würde, nachdem er der Aussicht viel masochistische Lust abgewonnen hatte. Die Zeremonie, die auf Grahams Wunsch abends in der aus dem 18. Jahrhundert stammenden Kirche von San Michele stattfand, nicht weit von Il Rosaio, ohne jede Presse oder Öffentlichkeit und nur im Beisein geladener Gäste, war schlicht, würdevoll, aufrichtig. Graham murrte nicht länger, hielt seine schöne kurze Rede und war zufrieden. Eine Gedenktafel, von der Axel-Munthe-Stiftung und anderen nach Greenes Tod an der Mauer von Il Rosaio angebracht, wurde auf Betreiben der Nachbarn entfernt.

Einer der vielfältigen Gründe Grahams, sich vom italienischen Geschehen fernzuhalten, mag sein Desinteresse an ästhetischen Vergnügungen gewesen sein, die für viele, die die Insel besuchen, so wichtig sind. Evelyn Waugh, der es nach dem Zweiten Weltkrieg bedauerte, daß er als junger Mann bei seinen Reisen in den zwanziger und dreißiger Jahren Europa vernachlässigt habe, schrieb später, die ruhelosen jungen englischen Schriftsteller seiner Generation hätten sich irrigerweise vorgestellt, daß

Europa warten könne. Für Europa würde noch Zeit genug sein ... Es waren die Jahre, in denen Mr. Peter Fleming in die Wüste Gobi ging, Mr. Graham Greene in das liberische Hinterland, Robert Byron ... zu den Ruinen Persiens. Wir kehrten der Zivilisation den Rücken. Hätten wir gewußt, wären wir vielleicht dageblieben ... Hätten wir gewußt, daß das ganze scheinbar solide, mit so viel Geduld errichtete und prächtig geschmückte Gebäude westlichen Lebens über Nacht wie ein Schloß aus Eis schmelzen würde ... Statt dessen brach jeder von uns zu seiner eigenen beschwerlichen Reise auf, ich selbst in die Tropen und in die Arktis ... Damals kam es uns wie eine Feuerprobe vor, eine Initiation zur Männlichkeit.

Es gab Ausnahmen, Leute, die sich nicht an diese literarische Doktrin hielten – darunter den achtzehnjährigen Patrick Leigh-Fermor, der 1933 zu seiner unvergeßlichen Wanderung von Rotterdam nach Konstantinopel aufbrach.

Waughs Bedauern über verpaßte Offenbarungen in der kulturellen Abenddämmerung Europas zwischen den Kriegen teilte Graham Greene nicht unbedingt. Graham, der Waugh näher stand als jedem anderen Schriftsteller seiner Zeit, erklärte uns gegenüber, er habe »nie auch nur das geringste Problem« mit Waughs periodisch ausbrechendem wilden Temperament gehabt. (Christopher Sykes, einer der ersten

Biographen Waughs, erhellt diese abgeklärte Haltung: »Ich habe sie oft zusammen erlebt, und da sie, einer wie der andere, starke Persönlichkeiten waren, hat sich Evelyn, soweit ich sah, in Greenes Gegenwart nie schlecht benommen.«) Obwohl Greene und Waugh fast gleich alt waren, verneigte sich Graham vor Waugh als dem älteren und größeren Schriftsteller. Seine Briefe an Waugh haben bisweilen einen sonderbaren, fast ehrfürchtigen Ton.

In einem Gespräch, in dem Graham sich begeistert über Martin Stannards Biographie Waughs äußerte, sagte er: »Es wundert mich, was für ein schlechter Soldat Evelyn war.« Seine Bewunderung für die satirischen Romane Waughs ließ nie nach.

Während weibliche Schönheit Graham fast sein ganzes Leben lang entflammte und gleichzeitig seinen Widerstand hervorrief, nahmen Eindrücke von Kunstwerken oder von den alten Baudenkmälern und Städten Europas in seinen Gesprächen und seinem Schreiben wenig Raum ein. (»Florenz langweilte mich«, »Nichts in Rom, was mich ablenken konnte« – zitiert Norman Sherry aus den Liebesbriefen an Catherine.) Unüberwindlich war seine Abneigung, sich vorgefaßten Meinungen anzuschließen, und es war auch schlichter Mangel an Interesse. Wie in manch anderer Hinsicht konnte Graham einen auch hier überraschen – mit der unvermittelten Beobachtung eines bizarren Details in seiner nahen Umgebung oder durch die Erwähnung eines schönen Anblicks, den er vor langer

Zeit kurz wahrgenommen hatte. Hin und wieder zitierte er geradezu pflichtbewußt berühmte Kommentare zum Licht und zu den Farben Capris; doch Schönheiten der Natur nahmen seine Aufmerksamkeit nur zufällig in Anspruch. In Asien hatte er Straßenszenen in Indochina äußerst präzise beschrieben – die Trägheit und die hektische Exotik. Die vietnamesischen Reisfelder und Deltas zogen immerhin sporadisch das Auge des Schriftstellers auf sich, so wie es das ländliche England nie vermocht hatte. Fast nie äußerte er sich uns gegenüber über ein Gemälde oder einen Maler, ein Musikstück, einen Komponisten. Ihm den Besuch eines Museums, einer Ausstellung oder eines Konzerts vorzuschlagen, war undenkbar. Wenn er sich spontan zu solchen Unternehmungen entschloß, dann blieben sie unerwähnt. Unsere eigenen entsprechenden Erlebnisse, die unter den gegebenen Umständen selten zur Sprache kamen, lösten keinerlei Fragen aus.

Capri war ein ungewöhnlicher – man könnte auch sagen, ein glänzender – Schauplatz für einen Mann, den visuelle Erfahrungen weitgehend unberührt ließen.

Grahams Generation ist in England philisterhafte Unsensibilität gegenüber visuellen Vergnügen vorgeworfen worden. Auch Waugh gestand seiner Freundin Anne Fleming, er sei »traurig, daß ihm die Schönheit der Natur keinerlei Gefallen bereite«. Graham reagierte früher durchaus auf visuelle Eindrücke, und ein gewisses Interesse an Malerei erweckte offenbar Catherine Walston in den ersten Jahren neu: Catherine hat während ihrer Ehe nach und nach eine Reihe von Gemälden erworben. Da Graham diese Dinge letzten Endes als Zerstreuung verwarf, darf man davon ausgehen, daß sie keine unwiderstehliche Anziehung auf ihn ausübten.

Graham Greene hat selbst von einem verminderten Sinn für Visuelles gesprochen und in seinen Erinnerungen auch darüber geschrieben. Das sei, sagt er, zusammen mit einer tiefen Apathie die Folge des Nervenzusammenbruchs, den er als Heranwachsender gehabt hatte, und der Behandlung durch Kenneth Richmond im Sommer 1921 gewesen: »Noch Jahre nach meiner analytischen Behandlung konnte ich visuellen Eindrücken kein ästhetisches Interesse abgewinnen: Sooft ich etwas Sehenswertes anstarrte, von dem andere mir versicherten, es sei herrlich, blieb ich teilnahmslos.« Etwas von dieser Gleichgültigkeit war offensichtlich haftengeblieben.

Richmond selbst, allen Berichten zufolge ein Mann mit exzentrischen Ideen und exotischem Äußeren, war ein begeisterter Kunstliebhaber. Seine ausgeprägten Eigenarten flößten Graham wahrscheinlich Vertrauen ein. Er war Idealist, ein überzeugtes Medium, ein bißchen Jungianer, ein bißchen Freudianer, ein Psychoanalytiker ohne konventionelle Qualifikationen, ohne doktrinäre Methoden und ohne materielle Ambitionen. Von außergewöhnlichem Mitgefühl getrieben, ließ er, laut Graham, seinen Patienten, die er in seinem Haus in London beherbergte, eine inspirierte Fürsorge angedeihen. Die mit dem Vertrauen verbundene Erleichterung, die Befreiung von schulischen Qualen und die von Intelligenz und Freundlichkeit bestimmte Atmosphäre spielten, wie Graham später erklärte, eine wichtige Rolle bei seiner Genesung. Richmonds Hilfe war entscheidend, und Graham erinnerte sich mit zärtlichen Gefühlen daran. Und mehr als das: Sie formte ihn. Es war Richmond, der Graham schon damals ermutigte, im Hinblick auf Veröffentlichung zu schreiben. Er machte den Sechzehnjährigen mit etablierten Schriftstellern und mit Verlegern bekannt, die ihn nicht nur in die Verlagswelt einführten, sondern für Graham auch Hoffnung verkörperten.

In den sechziger Jahren erzählte uns Harold Acton, daß Graham einige Jahre zuvor einen Verlust erlitten hatte: Ein Psychiater (der inzwischen von Norman Sherry als Eric Strauss vom St. Bartholomews Hospital identifiziert wurde), den Graham während seiner durch die Liebe zu Catherine Walston ausgelösten suizidalen Krisen hin und wieder konsultiert hatte, war gestorben. (Harold: »Es war das ständig rotierende Feuerrad Catherine, verstehen Sie? Er mußte unbedingt mit einem Nichtprotagonisten sprechen.« Harold, auch er Katholik, fügte weise hinzu: »Ich fürchte allerdings, die Beichte dort ist ihm mißlungen.«) Strauss seinerseits, der Graham von einer Analyse abriet, da ein solcher Prozeß geeignet sei, seine Begabung zu schmälern, entwickelte Zuneigung zu dem Patienten. So wie wir alle.

Graham, der uns mehrmals von seinen Vorfahren im 18. und 19. Jahrhundert erzählte – gütigen und bizarren, grausamen und korrupten, lasterhaften und reuelosen Menschen –, berichtete, die Ärzte hätten ihn zwar ausführlich nach der Beziehung zu seinen Eltern und nach Kindheitserfahrungen gefragt, doch hätten sie wenig Neugier hinsichtlich seiner wiederkehrenden Labilität und Melancholie gezeigt, die sich schon bei seinen Ahnen manifestiert habe. Als Beispiel hätte er – was er nicht tat – seinen Verwandten Thomas Stevenson anführen können, einen berühmten schottischen Erfinder, der, wie sein Sohn Robert Louis Stevenson in einem vortrefflichen Erinnerungsessay schrieb, mit seiner Gemütsveranlagung und seinem Temperament die charakteristischen Merkmale der Familie verkörperte. Die Beschreibung der »extremen Gefühlsschwankungen« seines Vaters beendete der Sohn wie folgt: »Liebe, Zorn und Empörung schimmerten durch ihn hindurch und brachen in starken Bildern hervor.«

Die starken Gefühle, die Graham für Robert Louis Stevenson empfand, hatten starke Ressentiments gegen Stevensons Frau zur Folge. Seiner Meinung nach hatte sie einen zerstörerischen Einfluß auf Stevensons kurzes Leben ausgeübt. Als Francis ihm einmal entgegnete, auch Mrs. S., die zweifellos wunderlich gewesen sei, habe es in der Ehe nicht leicht gehabt, wollte Graham nichts davon wissen: »Nein, nein. Sie hat ihn zur Strecke gebracht, und sie hat ihn dominiert. Sie war es, die ihn dorthin getrieben hat« – nach Kalifornien und später in die Südsee – »und sie« – dazu eine unvergeßliche Geste: die Hände ausgestreckt über dem Tisch, mit gekrümmten Fingern –, »sie hat ihn nicht aus den Krallen gelassen.« Dazu die wilden, blauen, furchtlosen Augen.

> Unser Leben, meine ich mitunter, wird mehr von Büchern als von Menschen gestaltet; aus Büchern lernen wir aus zweiter Hand von Liebe und Schmerz.

Norman Sherry berichtet, Greene habe ihm bei ihrer ersten Begegnung das Versprechen abgenommen, daß er alle Orte in der Welt aufsuchen werde, die Graham während seiner Schriftstellerlaufbahn besucht hatte. Das war Grahams ursprüngliches Konzept von der Biographie gewesen, bevor beide übereinkamen, daß Sherry die ganze Geschichte in Angriff nehmen sollte. Getreu ihrer Abmachung reiste Sherry heroisch um den Globus, suchte alle noch lebenden Zeugen von Grahams Jugendabenteuern auf, wobei er sich oft denselben Gefahren aussetzte und sich die gleichen Krankheiten zuzog. Er wäre – wieder wie Graham – bei dem Unternehmen beinahe ums Leben gekommen. Hätte Graham seinem Biographen statt dessen auferlegt, die vielen tausend berühmten und unbekannten Bücher zu lesen, die sein Leben, sein Denken und seine Arbeit beseelten, die seine Leidenschaften schürten und nährten und ihn, wie er sagte, dazu brachten, »schreiben zu wollen«, wäre diese Forderung absurd, unausführbar und ganz und gar unangebracht gewesen.

Literatur war die andauerndste und konsequenteste Freude in Grahams Leben. Sie war das Element, in dem er sich am wohlsten fühlte, das seine Emotionalität ausbalancierte. Sie war für ihn die rettende Verbindung sowohl zum Rationalen wie zum Phantastischen. Die qualvollen Liebesaffären seiner Erwachsenenjahre, vor allem die langjährige leidenschaftliche Liebe zu Lady Walston, brachten ihn an den Rand des Wahnsinns, des Selbstmords. Im Lesen und Schreiben hatte er von seiner frühen Kindheit an eine wohltuende Erregung und die Grundlage für die Entwicklung seiner Phantasie und Begabung gefunden: ein Gegengewicht zum Einfluß seiner reservierten, unnahbaren Eltern. Unsere schönsten Momente mit Graham erwuchsen in der Regel aus spontaner Freude an Büchern und an Wörtern, hauptsächlich an denen von Dichtern und Romanschriftstellern. Sie bildeten den Mittelpunkt seiner wie auch unserer Existenz.

Während des Zweiten Weltkriegs erschien ein Essay von Graham über britische Dramatiker; er wurde in einer Reihe von Monographien bekannter Schriftsteller über Aspekte der englischen Literatur veröffentlicht: Lyrik, Romane, Biographien, Tagebücher, Dramen, Philosophie. Diese Essays wurden bald darauf in einer schönen illustrierten Ausgabe von vernünftigen

Dimensionen versammelt (wir ahnten damals noch nichts von den späteren voluminösen Couchtisch-Büchern). Diese schöne Ausgabe kaufte ich mir 1946 als Schülerin und trug sie, um mir Unannehmlichkeiten zu ersparen, heimlich ins Haus: Sie hatte 32 Shilling von meinem ersparten Taschengeld gekostet, und eine solche Demonstration von Unabhängigkeit hätte Ärger verursacht. Wenn ich heute darin blättere und mir die Seiten ansehe, mit ihrem gestochenen Druck, dem Geruch guten Papiers und den kleinen Knoten ihrer Fadenheftung, dann erlebe ich noch einmal den heißen Morgen in der Buchhandlung, die leicht schwankenden Stapel auf den Mahagonitischen, die Heimfahrt mit der Fähre und eine die Augen blendende Ekstase beim Lesen. Die Seiten verströmen noch den leichten Modergeruch des Conradschen Orients, wohin ich einige Monate darauf mit diesem und anderen Büchern reiste – aus den Seiten der Essayisten fallen noch immer Teilchen gepreßter Blumen von einem Berghang im Süden Chinas. Die schlichten Illustrationen des Buches, einige in getreuen Farben, waren meine erste Begegnung mit den Miniaturen Isaac Olivers, den Porträts von Godfrey Kneller und Sir Thomas Lawrence, den Bühnenbildern von Zoffany, dem Bildnis des Dichters Alexander Pope von Charles Jervas, mit dem grellen G. B. Shaw von Augustus John und mit John Singer Sargents romantischer Kohlezeichnung vom jungen Yeats.

Die Essays sind alle von erstklassigen Spezialisten

verfaßt worden – von *creative writers*, wie man sie heute nennen würde. Die Leser waren damals noch nicht durch obsessive Theorien und einen dekonstruktiven Jargon verunsichert – obwohl Elizabeth Bowen ihren Beitrag über Romanautoren mit einem stillen Hinweis auf die Gefahr einleitet:

> Zu viele Informationen über bedeutende Romane können dazu führen, daß wir weniger spontan an sie herangehen … Es wäre traurig, wenn Bücher, die eigentlich Teil des Lebens sein sollten, als Gegenstände wissenschaftlicher Vorlesungen betrachtet würden.

Direktheit wird in Grahams Kapitel über die Dramatiker auf drastischere Art gewürdigt. Im Elisabethanischen Parkett

> verlangten die Bärenhatz-Besucher Vitalität; Männer und Frauen, die von ihren Fenstern aus das schreckliche Ritual des Blutgerüsts beobachtet hatten, waren auf jeden noch so tiefen Schrecken gefaßt, den der Dramatiker ihnen vorsetzte.

Greenes Essay sprudelt über von der Magie der Stücke und einem Gefühl der Verbundenheit mit ihren Autoren. Da sind Luzidität und eine genaue Kenntnis am Werk, kraftvoll bemächtigt er sich des Stoffs, beherrscht ihn und vermittelt ihn kraft eines scharfen Ohrs und seiner klaren, unverwechselbaren Sprache:

> »Bedenkt, wir hatten Mütter.« Troilus' bitterer Ausbruch ist keine Dichtung in irgendeiner herkömmlich akzeptierten Bedeutung des Wortes – er ist ganz einfach das richtige Wort im richtigen Moment, eine mathematische Genauigkeit, als könnte dieser erstaunliche Mann seine Worte an unserer Natur messen, auf einer Waage, die noch den Bruchteil eines Milligramms anzeigt.

Ähnlich Flaubert, als er an »Madame Bovary« arbeitete:

> Dichtung ist so präzise wie Geometrie.

Wie Flaubert formuliert auch Graham Greene Vorbehalte gegen feierliche Übertreibungen. »Diese gewaltigen rhetorischen Sätze« der den Klassikern nacheifernden Dramen, die den freien Elisabethanischen Stücken unmittelbar vorausgingen, »überlagern das Drama wie die Falten einer schweren Toga, die jede Bewegung erschwert«. Umgekehrt ist es in den blankpolierten Stücken aus der Zeit der Restauration: »Die monströse Perücke, der elegante Spazierstock, das Flattern von Spitzentaschentüchern maskieren das Tempo und die Agilität« dieser Stücke. Den gesamten Essay durchzieht die Freude des Autors an der Sinnlichkeit, »das riesige Vergnügen« an großen und genauen Formulierungen und atemberaubenden Zitaten, die ihn, den Leser, für den Rest seines Lebens nicht auf Kommentare oder Interpretationen, sondern auf Werke und Worte verwiesen:

... als hätt' uns Jupiter anfeuernd
Durch seine hundert Statuen befohlen,
Kühn zuzuschlagen und bei solchem Schlag
Mit Marmorfingern Beifall uns gewinkt.

Eines Abends, als ich Graham erzählte, daß mir der Essay »British Dramatists« gefallen hat, sagte er, er habe die Arbeit an Bord eines Schiffes beendet, in einem Kriegskonvoi, der wochenlang auf Umwegen die Route nach Westafrika nahm – ohne Nachschlagewerke, ohne Licht am Abend und zwischen seinen Wachdiensten, bei denen er nach U-Booten und Flugzeugen Ausschau halten mußte. Auszüge aus Grahams Bericht über diese Reise, in dem Sammelband »Afrikanisches Tagebuch« erschienen, werden auch in »Fluchtwege« zitiert, wo Greene erwähnt, wie er in der Bordbibliothek einen Thriller von Michael Innes entdeckte, der ihm die Idee zu dem Roman »Zentrum des Schreckens« lieferte. Er erzählte uns, daß er neben einem ganzen Koffer voller Bücher, die für die Monate seines Aufenthalts in Afrika vorgesehen waren, mehrere dicke Bücher zum Lesen an Bord mitgebracht habe, die er noch nie aufgeschlagen hatte. Eines dieser Bücher war »Krieg und Frieden«.

»Als ich es ausgelesen hatte, dachte ich: Was für einen Sinn hat es, nach diesem Buch noch zu schreiben? Es war wie ein großer Baum, der immer in Bewegung, immer dabei ist, sich zu erneuern.«

Francis sagte: »Wie die Eiche, die Fürst Andrej zweimal im Wald sieht.«

»Ja. Riesenhaft, aber lebendig bis in alle Einzelheiten. Man fragte sich: Warum noch schreiben, wenn es dieses Buch bereits gibt?« Dann fügte er mit einem kurzen, abschätzigen Lächeln hinzu: »Heute würde ich natürlich nicht mehr so denken.«

Sonderbar, daß Graham, der seit seiner Kindheit ununterbrochen gelesen hat, erst mit Ende Dreißig zu Tolstoi finden sollte.

Während F. und ich nach Hause gingen, sprachen wir über das Bild von dem Baum, das uns beide berührt hatte. Ich sagte: »Es war zutreffend und tief empfunden. Aber er war gezwungen, es zu zerstören.«

Francis erwiderte: »Zustimmung kann ihn ebenso verbittern wie eine gegensätzliche Meinung. Er mag seine Gedanken nicht allzu lange oder rückhaltlos mit anderen teilen. Die Verbindung wird immer wiederhergestellt, nur um unterbrochen zu werden. Macht nichts, entscheidend ist das schöne Bild.«

In den Jahren, in denen wir uns auf Capri trafen, machte ich nach unseren Gesprächen mit Graham und Yvonne nur selten Notizen. Die stille Absicht, etwas festzuhalten, verändert die Natur der Dinge, verdirbt die Spontaneität und die Wahrnehmung, sie hat wie das Fotografieren etwas Zudringliches. Manchmal finde ich in unserem Terminkalender unleserliche Notizen über die Abende bei Gemma, ein paar Worte der Erinnerung. An das wirklich Interessante erinnert man sich auch ohne Aufzeichnungen lange und lebhaft. Es sind die Augenblicke, die, immer wieder überdacht, besprochen und neu belebt, Teil der inneren Geschichte werden. Hin und wieder hielt ich in meinem Notizbuch ein paar nähere Einzelheiten über einen Abend mit Graham fest, und ich sehe nun, daß es meistens Situationen waren, in denen Freude – ohne jeden Grund, wie es schien – in Schmerz umschlug. Man schrieb das Rätselhafte in dem Versuch nieder, eine Erklärung zu finden.

Anne Fleming schrieb über Evelyn Waugh: »Er mochte es, wenn Dinge schiefgingen.« Dieser Wesenszug war auch bei Graham stark ausgeprägt, der Hang oder Zwang, Verwirrung zu stiften, andere aufzuschrecken und den Frieden zu stören. Wie Waugh war auch Graham Richter und derjenige, der die Strafe verhängte. Die Dinge sollten schiefgehen, aber nur unter seinen Bedingungen. Unruhe oder Ärger zu schaffen ist keine angenehme Eigenschaft, sondern ein heikler Test, der einer Freundschaft höllisch zusetzen kann. In dieser Hinsicht konnte Graham wie Baron Corvo, der ebenfalls zu den von ihm bewunderten Literaten gehörte, »so erstaunlich unvernünftig« sein.

In einem Essay über den Schriftsteller Saki, einer seiner Edwardianischen Wahlverwandten, reiht sich

Graham in die Gruppe derer ein, die »bereit sind, zu verletzen, ehe sie selber verletzt werden können«. Die Bereitschaft, auch oder insbesondere jene zu verletzen, die ihm zugetan waren und ihm nur Gutes wünschten, war bei Graham ein Reflex geworden, lange bevor wir ihn kennenlernten. Der Roman »Das Ende einer Affäre« ist teilweise eine Abhandlung über dieses Thema.

Malcolm Muggeridge, der Graham seit seiner Jugend kannte und ihm freundlich gesinnt war, stellt in seinen Erinnungen fest, daß Greene

> ein Jekyll-und-Hyde-Charakter ist, dem es nicht gelungen ist, die beiden Seiten seiner selbst auf harmonische Art zu vereinen … Ich weiß noch, wie er einmal zu mir sagte, daß er mit dem einen oder anderen Streit haben müsse, weil Streit für ihn eine geradezu physische Notwendigkeit sei.

»Mit dem einen oder anderen« läßt einen erschauern. Nicht nur in Augenblicken der Streitsucht, sondern auch danach hatte man oft den Eindruck, daß ihm der Schaden, den er angerichtet hatte, der von ihm verursachte Kummer und das angeschlagene Vertrauen gleichgültig waren. Vertrauen war ein Anspruch, auf den er sich nicht einlassen wollte, ein weiterer Übergriff. Chaos erleichterte die Monotonie der äußeren Ordnung und hob die Spaltung der beiden im Widerstreit liegenden Seelen in seiner Brust auf. Die Gewißheit, Schmerz verursacht zu haben, verlieh seiner eigenen Existenz Realität, ließ ihn zu seinem »besseren« Ich zurückfinden. Dazu bekennt er sich in seinen Büchern, so zum Beispiel in dem Roman »Der Honorarkonsul«:

> Weißt du, was er einmal zu mir gesagt hat? Es war, als sei er zornig – ich weiß nicht auf wen –, und er sagte: »Ich bin hier nicht unglücklich, ich langweile mich. Langweile mich. Gott soll mir ein paar Schmerzen schicken.«

In Grahams erstem Roman, »Zwiespalt der Seele«, macht sich die Hauptfigur – ein frühes Beispiel eines Mannes aus Greeneland, der auf der Flucht ist – ihr Selbstbewußtsein zum Vorwurf:

> Er bestand, das wußte er, wie peinlich es ihm auch sein mochte, aus zwei Personen, dem sentimentalen, tyrannischen, fordernden Kind und einem anderen, kritischeren Selbstbeobachter ... Wann immer ein Teil seines Ichs sich regte, stand der andere Teil neben ihm und fragte: »Spreche ich da wirklich selbst? Kann ich überhaupt so leben?«

Graham äußerte sich manchmal abschätzig über seine frühen Romane, so wie er in späteren Jahren zuweilen seine neuen Romane schlechtmachte. Wir baten ihn fast nie, eine Widmung in unsere Exemplare seiner Bücher zu schreiben, doch sammelten sich im Lauf der Jahre auf die eine oder andere Weise einige an, in die er etwas hineingeschrieben hatte. An einem Nachmittag, als er unsere Bücherregale auf Capri durchsah, nahm er ein Exemplar von »Zwiespalt der Seele« heraus, das Francis 1929, im Jahr der Veröffentlichung, erworben hatte. Auf das grüne Vorsatzblatt schrieb er, um Francis' verblichenen Namenszug herum, mit kleiner Spinnwebschrift:

Für
Francis Steegmuller
in herzlicher Zuneigung
dieser schauderhafte erste Versuch.
Capri, Juni 1977

Ich glaube, viele Leser wären mit der Bezeichnung »schauderhaft« für diesen ersten veröffentlichten Roman mit seinen verzehrenden Ängsten und der kalten Intelligenz, die die überhitzte Handlung entschärft, nicht einverstanden.

Als Graham ein andermal unsere Regale auf Capri durchstöberte und Leon Edels Ausgabe von Henry James' Briefen entdeckte, sagte er, auch er habe diese Bücher nach Capri mitgenommen: »Sie machen mir Lust, zu schreiben.«

Wer erzählerische Prosa schreibt, muß lernen, sich in die Haut anderer zu versetzen, einerlei, ob deren Haut dünner oder dicker ist als die eigene. So zollt Auden, das Buch der Offenbarung paraphrasierend, dem Romancier Tribut, der »unter den Gerechten gerecht und unter den Schmutzigen ebenfalls schmutzig sein muß«. In seinen besten Büchern war Graham in der Darstellung überzeugter Imagination und unentschlossener Moral unübertrefflich. Außerdem machte es die vom Autor gewahrte Distanz oft schwer zu erkennen, wem seine Sympathien galten, wie zum Beispiel in »Am Abgrund des Lebens«, oder ob überhaupt Sympathien im Spiel waren, wie in »Der stille Amerikaner«, wo sich ein selten von Sinnlichkeit hervorgerufener Zynismus in Gewalt und Verdruß manifestiert. In »Das Ende einer Affäre« kommt das Temperament des Erzählers, Bendrix, mit seinem Zorn, seinem Witz und seinem Ringen Grahams eigenem Temperament erstaunlich nahe. Es ist so getreu gezeichnet, daß die Glaubwürdigkeit der Gestalt durch scheinbar unglaubwürdige Stimmungswechsel in Frage gestellt wird: eine gelungene Übung in Selbsterkenntnis.

Ich glaube, daß Graham nicht einfach nur »aus zwei Personen« bestand. Vielmehr ließ er unvereinbaren Gemütsverfassungen, die sich seiner nacheinander bemächtigten, freien Lauf und stellte sie in den Dienst seiner Arbeit. Der Handlung und den Gestalten seiner Romane nach hätte er mit Anthony Trollope sagen können: »Sie haben mir als Sicherheitsventile gedient, bei dem Versuch, meine Seele zu retten.« Greenes Abneigung gegen Synthesen – diese Unbeständigkeit seiner Meinungen und in seinem Verhalten, an der er wie an einem Prinzip festhielt – mochte ursprünglich von seinem schimärenhaften Wesen und seiner Vorliebe für Maskierungen herrühren. Mit den Jahren jedoch verselbständigte sie sich zu einer launischen Herausforderung, die sich gegen die Langeweile einer rationalen Existenz richtete. Obwohl er einen starken Hang zu Paradox und Heimlichtuerei hatte, war da auch ein Hang zur Offenheit, eine eindeutige, natürliche Begabung, einfache Wahrheiten zu erkennen und darzustellen. Nicht weniger entwaffnend war – angesichts der Hartnäckigkeit, mit der er auf seinen eigenen, privaten Mythen bestand –, daß Graham nie dem banalen Wunsch erlag, Wissen vorzutäuschen. Ich hörte ihn nie über ein Buch reden, das er nicht gelesen hatte, und nie streute er den Namen einer einflußreichen Persönlichkeit ein, um Eindruck zu schinden. Attitüden, auf die bedeutende Persönlichkeiten im allgemeinen Wert legen – im Mittelpunkt des gesellschaftlichen und öffentlichen Interesses zu stehen, Autorität auszustrahlen oder Überlegenheit zur Schau zu stellen – gehörten nicht zu seinen Spielarten des Egoismus.

Malcolm Muggeridge schließt den oben zitierten Absatz über Grahams Bedürfnis nach Konflikten mit: »Wie auch immer, Greene ist ein äußerst liebenswerter Mensch.« Diese Feststellung hat etwas geradezu vertrackt Wahres an sich, nicht zuletzt im Hinblick auf Grahams eigenes, deutlich zutage tretendes Ringen mit dem Laokoon in seiner Existenz. Die Laokoons der anderen mußten sich allerdings seinem fügen.

Wir sprachen über Dryden. Das Thema tauchte buchstäblich auf, als wir mit Blick auf das Felsentor, genannt *arco naturale*, im Freien aßen und tief unter uns einen Schwarm von Delphinen kreisen sahen, die plötzlich die glatte Wasseroberfläche durchbrachen. Graham sagte: »Die schuppige Schar.« Ob Delphine Schuppen haben oder nicht – besser konnte man es nicht sagen. Graham, der Dryden sein Leben lang bewunderte, war erstaunlich vertraut mit den zahlreichen Stücken und kritischen Schriften des Schriftstellers. Francis sagte, er habe Drydens Selbstbewußtsein immer, auch in den derben Stücken, in einem gewissen Gegensatz zu dem großen Genie der Elisabethaner gesehen. Und so redeten sie und redeten, während wir in der Weinlaube des Grottelle saßen und den traditionellen gelben Wein Capris tranken, der damals noch den Geschmack von Retsina hatte.

Ich kannte nur die großen »Gelegenheits-Gedichte« wie »Annus Mirabilis«, aus dem Graham zitiert hatte, und sagte, William Empson habe in einer kritischen Schrift Samuel Johnson zitiert, der gesagt hatte, was Augustus im Hinblick auf die Stadt Rom behauptete – er habe »Rom in Ziegelsteinen vorgefunden und es in Marmor zurückgelassen« –, könne von Dryden, bildlich gesprochen, im Hinblick auf die englische Literatur gesagt werden.

Graham nickte: »Was natürlich nicht unbedingt etwas Gutes bedeutet.«

Hinterher fiel mir ein, daß ich diesen Aphorismus

zum ersten Mal in Grahams Essay »British Dramatists« gelesen hatte, vermutlich Empsons vagem Zitat entlehnt. Wir sprachen dann über die jugendlichen, außerordentlichen Gedichte Empsons und über seine kritischen Schriften, die wir wegen ihrer Originalität, ihrer Sprache und wegen ihres Verzichts auf jeglichen Bombast schätzten.

Francis stellte fest, dies sei das erste Mal, daß wir auf »Literaturkritik« zu sprechen kamen. Graham wies darauf hin, daß Empson ein Dichter sei: »Er praktizierte eher, als daß er predigte.« Wir führten weitere Beispiele guter Prosa von guten Dichtern der Mitte des Jahrhunderts an – Auden mit »Des Färbers Hand«, Eliot, Randall Jarrell. Einige keineswegs vorteilhafte Urteile wurden über die Dekonstruktion gefällt, die damals an den Universitäten eine Rolle zu spielen begann, und über den modischen Zwang, zu interpretieren und zu analysieren, der das einzigartige Erleben von Literatur vereitelte. Graham sagte, solche Phasen habe es schon früher gegeben, doch hätten sie wahrscheinlich nie solche Dimensionen angenommen oder eine derartige Leere erzeugt.

Francis sagte ihm, daß Edward Gibbon dasselbe Phänomen als Signal für den Untergang Roms erkannt habe. (»Die Bezeichnung Dichter war nahezu vergessen, die des Redners wurde von den Sophisten usurpiert. Eine Wolke von Kritikern, Kompilatoren und Kommentatoren verdunkelte das Antlitz des Lernens, und auf den Niedergang des Genies folgte alsbald das Verderben des Geschmacks.«) Er fragte Graham, ob er häufig von Theoretikern und Sezierern seines Werks heimgesucht werde.

»Na ja, sie nehmen Verbindung mit mir auf. Aber Antibes liegt abseits, wie Sie wissen. Und ich bin viel im Ausland. Wenn ich in London bin, stöbern sie mich dort manchmal auf. Es sind beschädigte Menschen. Ich habe immer das Gefühl, daß man ihnen besondere Aufmerksamkeit schenken muß, weil sie so ungeheuer enttäuscht sind. Man muß besonders nett zu ihnen sein.« Und plötzlich, direkt an mich gewandt: »Wie zu Indianern und Frauen.«

Später – zu spät – sagte ich zu Francis: »Ich hätte ihn fragen sollen: ›Und Sie? Sind Sie besonders nett zu Indianern und Frauen?‹«

F. erwiderte: »Die Bemerkung ist schockierend, also verstummt man. Und natürlich rechnet Graham damit.«

Ich glaube nicht, daß Graham Rassist war; noch war er, als wir ihn kennenlernten, Antisemit. Er war nicht einmal anti-britisch eingestellt, obwohl seine Landsleute auf der Liste der Angeklagten ganz oben standen. Seine Ressentiments gegenüber Frauen und ihrem Einfluß auf sein Leben brachen immer wieder aus ihm heraus, glühende Funken vergangener Feuer. Wenn das Bedürfnis nach einem Gegner dringend wurde, schlug er blind auf alles ein, was in Reichweite war, Yvonne immer ausgenommen. Manch lang anhaltende Feindschaft war wie sein Anti-Amerikanismus ebenso begründet wie subjektiv und löste eher Nachdenklichkeit als pure Entrüstung aus. Die generelle Feindseligkeit war unangenehm, manchmal grausam; die Zielscheibe wechselte oft, manchmal innerhalb eines Moments. Der kindliche Terror wurde immer wieder von bitterem Sarkasmus abgelöst.

Als Graham Greene erstmals öffentlich Antisemitismus in seinen frühen Schriften vorgeworfen wurde – damals war noch nicht bekannt, daß er 1981 den Jerusalem-Preis annehmen würde –, sprach er mit uns darüber und erklärte, was er schon vorher oft gesagt hatte, es falle ihm schwer, seine früheren Bücher wieder zu lesen, aber er habe sich das umstrittenste, »Jagd im Nebel«, vorgenommen, um zu prüfen, ob die Anschuldigung stichhaltig sei. »Ja, ich gebe zu, es hat etwas Antisemitisches. Ich glaube nicht, daß ich Antisemit war. Ich finde nichts dergleichen in mir, auch nicht in meiner Vergangenheit. Aber es lag in der Luft, zwischen den Kriegen, es war eine ansteckende Krankheit. Natürlich wäre es besser gewesen, überhaupt nicht darauf hereinzufallen. Viele Menschen haben es vermieden.«

Ein solches Versagen läßt sich nicht erklären. Alle, die Graham Greene zugetan waren, hatten damals Grund, sich an die folgenden Worte aus »Die Stunde der Komödianten« zu erinnern: »Es war, als spräche jemand, den ich haßte, aus meinem Mund, bevor ich es verhindern konnte.«

Da er den Jerusalem-Preis annahm, war Graham

verpflichtet, sich mit den antisemitischen Tendenzen in seinen Büchern aus der Zeit vor dem Krieg auseinanderzusetzen. Doch wer würde angesichts der Tatsache, daß dieser Preis alle zwei Jahre an einen Schriftsteller vergeben wird, »der sich um die Freiheit des Individuums in der Gesellschaft verdient gemacht hat«, daran zweifeln wollen, daß Graham Greene aufgrund seines Lebenswerks ein würdiger Preisträger war?

Den Malaparte-Preis lehnte Greene mit Bedacht ab. Dieser Literaturpreis wird jedes Jahr auf Capri unter einer respektablen Schirmherrschaft vergeben und ist von zahlreichen bekannten Schriftstellern aus aller Welt angenommen worden, denen die verwerfliche faschistische Vergangenheit des Schriftstellers Kurt Erich Suckert, der unter dem Namen Malaparte veröffentlichte, wahrscheinlich nicht bekannt war. In den Jahren, als Malaparte Mussolinis einflußreichster Propagandist war, pries er faschistische Brutalitäten und forderte die Italiener auf, »die Bibliotheken zu verbrennen und die Familien der üblen Spezies Intellektueller zu verjagen«. Seine Hauptverbindung zu Capri ist sein längliches, futuristisches, nahezu unbewohnbares Haus, das er dank einer besonderen Genehmigung Mussolinis auf einem Stück Land, nicht weit oberhalb des Meeresspiegels, an der sonst unter strengem Landschaftsschutz stehenden Küste Capris erbauen ließ: ein architektonisches Phänomen, das von einigen sehr bewundert und von anderen beklagt wurde. Wer es nach dem Krieg zum ersten Mal sah, konnte es kaum von den deutschen Blockhäusern unterscheiden, die es damals umgaben. Malaparte, ein eingefleischter Opportunist, wurde nach dem Sieg der Alliierten in Italien Kommunist. Er starb 1957.

Als wir eines Nachmittags am Meer spazierengingen und an der roten, langgestreckten Villa Malaparte vorbeikamen, sagte Graham: »Ich habe den Malaparte-Preis abgelehnt.«

»Darf ich fragen, warum?«

»Wegen Malaparte.«

Will man Grahams unvereinbare Stimmungen näher untersuchen, muß man sich wahrscheinlich auch die Frage stellen, ob es überhaupt einen festen Kern gab, um den seine Persönlichkeit und seine Überzeugungen kreisten. Julian Symons fragte einmal: »Kann man von einem Menschen, der so stark in den Zweifel verliebt ist, wirklich behaupten, daß er überhaupt an irgend etwas glaubt?« – und bejahte seine rhetorische Frage, indem er einen Absatz aus dem Widmungsbrief zitierte, mit dem Graham seinen Roman »Ein ausgebrannter Fall« einführte: »Dies ist kein *roman à clef*, sondern ein Versuch, verschiedenen Formen des Glaubens, Halbglaubens und Unglaubens dramatischen Ausdruck zu verleihen …«

Grahams lebenslange Beschäftigung mit den Ambiguitäten, von denen alle Männer und Frauen bedrängt werden, sowie die Tatsache, daß er sich seiner eigenen inneren Widersprüche bewußt war, bildeten so etwas wie ein festes Element, das, in Kunst umgesetzt, seinen

Romanen ihren unverwechselbaren Ton gab. Ähnlich war sein ganzes Auftreten durch diese Bewußtheit geprägt. Seine kühnsten Einsichten, auf Greenesche Art »modern«, beruhten immer, wie in seinen besten Romanen, auf der Intuition des langen Nachhalls menschlicher Verhältnisse. Es liegt eine uralte Menschlichkeit in der Enttäuschung, die Scobie in »Das Herz aller Dinge« angesichts der in falscher Reihenfolge eintreffenden Telegramme bei sich bemerkt. Sie sollen ihm zuerst die Erkrankung und dann den Tod seines Kindes mitteilen. Das erste Telegramm, das noch Anlaß zu Hoffnung gibt, wird als letztes überbracht:

> ... war ich so völlig durcheinander, daß ich glaubte, es müsse ein Irrtum vorliegen. Sie müsse noch am Leben sein. Einen Moment lang, bis ich begriff, daß die Telegramme zeitlich vertauscht worden waren, war ich enttäuscht. Ich dachte: Jetzt beginnen die Sorge und der Schmerz. Doch als mir klar wurde, was passiert war, da war es gut. Catherine war tot, ich konnte anfangen, sie zu vergessen.

Dieses Phänomen – Tod, falsche Hoffnung und Zurückweisung – wird seit jeher in der Literatur behandelt. Tacitus bezeichnet es als »zweifachen Verlust«. Man findet es bei Shakespeare und bei Byron. Conrad hat es zum Inhalt von »The Planter of Malata« gemacht. Auch bei Proust hängt es mit der Verwechslung von Telegrammen zusammen. Oscar Wilde, der den mythischen Ernest nach dessen vermeintlichem Tod wieder aufleben ließ, läßt es Miss Prism aussprechen:

> Nachdem wir uns alle mit dem Verlust abgefunden hatten, kommt mir seine plötzliche Rückkehr besonders schmerzlich vor.

Bei Graham Greene waren es Ereignisse in seinem eigenen Leben, aus denen er diese Erkenntnis gewann, vor allem die verwirrende Ankündigung vom Tod seines Vaters. Die Fähigkeit, eine angeborene Wahrnehmungsgabe durch ausdrückliche Modernität zu erneuern, gehörte zu seinen faszinierendsten Talenten, war prägnant und voller Mitgefühl.

Gewisse hochgestochene Themen, absurde Anmaßungen, schäbige Persönlichkeiten, die unermeßlichen Schaden anrichteten, riefen bei Graham Empörung hervor und veranlaßten ihn zu Solidarität mit den Bedrängten. Seine Ressentiments nährten sein kritisches Urteilsvermögen. Und sie verleiteten ihn dazu, gewisse Schandtaten, solange sie nicht von einer Großmacht begangen wurden, als kleinere Übel hinzunehmen. Seine Antipathie gegen den amerikanischen Koloß bewog ihn dazu – wie Seneca über den alten Hannibal schrieb –, »es mit jedem König zu halten, der mit Rom im Krieg lag«. Das alles stand für Graham in keinem Widerspruch zu seinen Voraussagen über die Politik der Vereinigten Staaten in Asien oder Lateinamerika, oder zu seinem Abscheu und seinen Attacken gegen Papa Doc und Augusto Pinochet. Es untergrub jedoch den Respekt derer, die sein Urteil schätzten – auch wenn ich glaube, daß ihn das nicht weiter störte. Er legte keinen Wert darauf, daß man sich auf ihn verließ.

1980 und 1981 schloß sich Graham als einziger Prominenter einem erfolglosen Appell im Namen der Menschenrechte an, den die Mitarbeiter der Vereinten Nationen an Kurt Waldheim, den damaligen Generalsekretär der Uno, richteten. Die Sache erweckte Grahams Neugier, er wollte Näheres über Waldheims Verfälschungen seiner Kriegsvergangenheit wissen. Für ihn und viele andere waren sie bald offensichtlich, und 1981 tauschten wir uns brieflich darüber aus. Als wir uns das nächste Mal auf Capri begegneten, wunderte sich Graham darüber, daß Waldheims Entlarvung noch immer auf sich warten ließ. (Dazu kam es erst 1986, Jahre, nachdem Waldheim die Vereinten Nationen verlassen hatte.) Ich sagte, die Wahrheit sei Tausenden Menschen bekannt, auch politischen und diplomatischen Kreisen, doch niemand trete damit an die Öffentlichkeit.

Graham sagte: »Sie haben alle so außerordentlich viel aneinander.« Er meinte damit vor allem die Geheimdienstverbindungen, die nach wie vor seine Phantasie beflügelten, und seine entsprechenden Vermutungen haben sich weitgehend als richtig erwiesen.

Seine eigene Vorliebe für Verschwiegenheit, Tarnung und die verborgenen Seiten des Lebens – die er in seinem Werk paradoxerweise offen darstellt – wurde von vielen gebildeten Briten seiner Generation geteilt. »Es gefällt mir, eine heimliche Liebesaffäre oder ein Doppelleben zu haben, etwas, das ich leugnen kann«, erklärte der Staatsmann Duff Cooper, der im Namen eines Großteils seiner Bekannten sprach – und damit eine eingefleischte Neigung der Menschheit zu erkennen gab.

Wir sprachen über Frankreich während des Krieges. Graham hatte Francis gefragt, wie es bei seiner Rückkehr nach Paris in den letzten Kriegsmonaten in Europa gewesen sei, als F. eine Zeitlang beim Office for Strategic Services diente und später mit Jean Monnet zusammenarbeitete. Francis beschrieb die »Euphorie, Unwirklichkeit und Angst« im befreiten Paris und berichtete von Wiederbegegnungen mit alten Freunden: »Sogar den Franzosen verschlugen die Gefühle die Sprache.« Eine der grausamsten Phasen des Krieges stand noch bevor, doch »wir gaben uns unseren Hoffnungen hin, denn wir befanden uns in der Stadt, von der man am meisten befürchtet hatte, man würde sie nie wiedersehen«. Obwohl man überall Uniformen sah, war der Stadt doch die Rückkehr ins Zivilleben anzumerken. Bald darauf sollte Francis andere »Uniformen« sehen, die der Gefangenen, die aus den

Todeslagern repatriiert wurden. Diese Phantome, die noch immer ihre trostlosen gestreiften Sträflingsanzüge trugen, versammelten sich in den Auffangsbereichen an den Bahnhöfen und in Ambulanzstationen und wurden in einer Messe – einem notdürftig dazu umfunktionierten Café – gespeist, wohin F. sich so manchen Abend begab, um an der Theke zu essen, »an der Peripherie ihres Schweigens«.

In Paris herrschten Hunger, Mangel an Heizmaterial, neuer Mut, Zwietracht zwischen den verschiedenen Lagern, der Schwarzmarkt, Enttäuschung und Verbitterung über die Niederlage. Alte und kranke Menschen starben an Unterernährung und Kälte. Jüngere Menschen flehten auf den Straßen die alliierten Soldaten an, ihnen etwas zu essen zu geben, oder Hustensaft, Aspirin, Salben. Die Pariser versetzten Francis immer wieder in Erstaunen. Als er eines Tages im Hôtel Palais d'Orsay vorsprach (das heute zum Musée d'Orsay gehört), wo er in den dreißiger Jahren mit seiner ersten Frau längere Zeit gewohnt hatte, war er gerührt, denselben Concierge und dessen Helfer in denselben abgenutzten Livreen vorzufinden. Beide kamen hinter dem Empfangstisch hervor, um ihn zu begrüßen – mit der unglaublichen Versicherung: »Monsieur Steegmuller, ihre Möbel sind unversehrt.« Die Kommoden und Sessel, mit denen die Steegmullers in den Jahren vor dem Krieg nach und nach die von ihnen bewohnten Zimmer eingerichtet hatten, waren bei Frankreichs Niederlage 1940 vor den »neuen

Okkupanten« in Sicherheit gebracht worden. Francis wurde ermuntert, sich diese Sachen in der Möbelkammer anzusehen, wann immer er wolle.

Graham fragte Francis, ob er je daran gedacht habe, ein Buch über Frankreich unter der Okkupation zu schreiben; zu diesem Thema gab es damals noch kaum Publikationen. F. sagte, man habe ihm diesen Gedanken oft nahegelegt, und er denke noch immer darüber nach, doch ein solches Buch bedeute jahrelange Arbeit und könne doch nie umfassend sein. Außerdem müsse man sich auf eine Vielzahl von Ereignissen beziehen, über die nur jene, die sie erlebt hatten, Zeugnis ablegen konnten: französische Männer und Frauen, die sich noch nicht zu ihrer schwierigen Geschichte geäußert hatten.

Er sagte: »Yvonne, du solltest darüber reden, nicht ich.«

Yvonne erzählte uns, im Juni 1940, als Frankreich besiegt wurde, sei sie in der Bretagne zur Schule gegangen. An einem bewölkten Tag in jenem wunderschönen Frühsommer waren deutsche Soldaten in einer langen Lastwagenkolonne unter den Augen der Bewohner in die kleine Stadt eingefahren, die sich vor Plünderung, Vergewaltigung, betrunkener Gewalttätigkeit und vor allem vor der Rachsucht der Deutschen für ihre Niederlage im Ersten Weltkrieg fürchtete. Auf Drängen eines Onkels wurden Yvonne und ihre Schwester auf dem Dachboden des Hauses versteckt. Es stellte sich jedoch bald heraus, daß die Besatzungssoldaten den strengen Befehl hatten, sich ordentlich zu verhalten – vorausgesetzt, sie würden nicht provoziert – und die Einwohner nicht zu behelligen.

Die unerwartete Zurückhaltung der jungen Besatzungssoldaten veranlaßte die Familien, sie zu akzeptieren und ihren Töchtern schließlich zu erlauben, mit ihnen auszugehen. Die Erleichterung auf seiten der Bevölkerung war auch für die einsamen Soldaten angenehm, die sich über diesen Ersatz für ein Familienleben freuten. Als Yvonne und ihre Schwester angesichts dieser Verbrüderung ihren Onkel fragten, warum es ihm so wichtig gewesen sei, sie auf dem Dachboden zu verstecken, antwortete der Onkel: »Vermutlich dachte ich an das, was wir 1919 in Deutschland getan haben.«

Im Sommer 1941, als der Überfall Hitlers auf die Sowjetunion begann, rasten Sonderzüge mit deutschen Soldaten durch Nordfrankreich in Richtung Osten. Yvonnes Mutter, die auf dem Bahnhof der Ortschaft *chef de station* war, hatte Tag und Nacht Dienst, sie mußte für die unablässige Durchfahrt der Züge sorgen, und, um ihnen Vorfahrt zu geben, andere Züge auf Nebengleise dirigieren. Die gutgelaunten Soldaten winkten und riefen ihr herzliche, wenn auch manchmal derbe Worte auf deutsch zu. Die Bewohner der kleinen Stadt bedauerten, daß diese netten jungen Männer, die meisten noch nicht richtig erwachsen, an den Fronten, zu denen sie unterwegs waren, geopfert werden würden. Es war, als hätte man vergessen, daß Hitler gerade in die Sowjetunion einfiel, so wie er auch in Frankreich eingefallen war, und daß Deutschland nun die grausamen Konsequenzen hinnehmen mußte.

Als wir gegen Ende der sechziger Jahre Graham Greene auf Capri kennenlernten, hatte die Opposition gegen den Vietnamkrieg zusehends Einfluß auf das intellektuelle Leben in den Vereinigten Staaten gewonnen. Im Mai 1965, bei der Festveranstaltung der American Academy and Institute of Arts and Letters – ein alljährliches Ereignis mit Ernennungen und Preisverleihungen, das von den Mitgliedern aller Kunstsparten und zahlreichen geladenen Gästen besucht wird –, hatte Lewis Mumford, der Präsident der Akademie, gegen die Fortführung des Krieges protestiert. Er sprach »aus eigener Initiative ... und als privater Bürger«. Er appellierte an die humanen Traditionen der Vereinigten Staaten und forderte den Präsidenten, Lyndon Johnson, auf, der amerikanischen Vietnampolitik, der »Eskalation von Fehlentscheidungen und Schrecken Einhalt zu gebieten«. Der verhängnisvolle Konflikt in Asien war damals noch nicht das Symbol wilder und willkürlicher Gewalt, das er in den darauffolgenden Jahren für Millionen Amerikaner werden sollte. Obwohl die Zuhörerschaft zum Nachdenken bereit war, fielen die Reaktionen eher emotional aus und waren geteilt. Denjenigen, die Mumfords Rede für angebracht und ehrenwert hielten, standen mindestens so viele gegenüber, die entrüstet waren und Mumford mehrmals vorwarfen, daß er seine Position als Präsident der Akademie mißbraucht habe, um politische Fragen aufzuwerfen. Mumford, der seinen einzigen Sohn im Zweiten Weltkrieg verloren hatte, war auf diese klassische Reaktion sicher gefaßt; er setzte sich über die »Ungebührlichkeit« jedoch hinweg, weil er seinen Appell zugunsten der Völker Südostasiens und »für das Leben und die Zukunft unserer eigenen jüngeren Generationen« öffentlich machen wollte.

Presseberichten zufolge wurde Mumford von gewissen Mitgliedern der Akademie als »emotional gestörter Fanatiker« denunziert. Zwei oder drei Jahre später, als eine überwiegende Mehrheit in den Vereinigten Staaten und in der übrigen Welt gegen den Vietnamkrieg war, fanden sich manche selbst in den Reihen der Protestierer. Ich glaube, heute würden die meisten Menschen nicht verstehen, warum diese kontroverse Rede eine derartige Entrüstung hervorrief und auf so viel Unverständnis stieß.

Von jenem Tag im Jahre 1965 an sollte Amerikas Krieg in Vietnam noch weitere zehn Jahre dauern.

Graham, der 1961 als ausländisches Ehrenmitglied in die American Academy aufgenommen worden war, hatte von Mumfords Rede und ihren Auswirkungen gehört und die Haltung der Akademie zum Krieg mit Mißtrauen beobachtet. Im Mai 1970 schickte er den folgenden Brief an George F. Kennan, der damals Präsident der Institution war:

Sir,

mit Bedauern bitte ich Sie, meinen Rücktritt als ausländisches Ehrenmitglied der American Academy – Institute of Arts and Letters zu akzeptieren. Ich begründe diesen Schritt damit, daß die Akademie es unterlassen hat, jedwede Position zu dem nicht erklärten Krieg in Vietnam zu beziehen.

Ich habe mit allen Ihren ausländischen Mitgliedern Verbindung aufgenommen in der Hoffnung, einen massiven Rücktritt zu erwirken. Einige wenige haben mir sofort ihre Unterstützung zugesagt, zwei befürworteten die amerikanische Intervention in Vietnam, mehrere waren der Auffassung, daß Krieg keine Angelegenheit sei, mit der sich eine kulturelle Institution auseinandersetzen müsse; einige waren zum Rücktritt bereit, falls eine Mehrheit der Ehrenmitglieder diese Meinung teile. Ich habe wenig Achtung vor denen, die sich durch eine mehrheitliche Meinung absichern wollten, und wende mich entschieden gegen den Gedanken, daß die Akademie nicht zuständig sei. Ich habe versucht, mich in die Position eines ausländischen Ehrenmitglieds einer deutschen Akademie für Kunst und Literatur zu Zeiten Hitlers zu versetzen, als dieser ein demokratisch gewählter Kanzler war. Hätte ich weiterhin eine in glücklicheren Zeiten verliehene Mitgliedschaft als Ehre betrachten können?

Elizabeth Bowen, eine alte Freundin von Graham und ebenfalls Ehrenmitglied der American Academy, berichtete uns, sie habe Grahams Aufforderung zum Rücktritt zwar erhalten, aber nicht darauf geantwortet. Bei einem Besuch in New York habe sie festgestellt: »Fast jeder amerikanische Schriftsteller, den ich kenne, protestiert gegen den Krieg. Warum das Feuer auf die eigenen Freunde eröffnen?«

Bald darauf trafen wir Graham auf Capri, und mit dem Ausdruck freudiger Erregung – wie immer, wenn er Verwirrung stiften wollte – schlug er Francis vor, als Amerikaner, der gegen den Vietnamkrieg sei, solle er seine Mitgliedschaft in der Institution aufkündigen. Francis erwiderte: »Ich glaube nicht, daß das jetzt schon notwendig ist.« Graham suchte Streit und hörte nicht auf, ihm zuzusetzen, worauf Francis sagte: »Graham, hören Sie auf zu sticheln. Sollte es je soweit sein, werde ich ohne Ihre Nachhilfe auskommen.«

Wir erzählten Graham, daß Elizabeth uns von seinem Brief berichtet habe. Er lachte: »Sie hat mir nie geantwortet.«

Graham behauptete, die Antikriegsbewegung der amerikanischen Jugend, die Lyndon Johnson zum Rückzug gezwungen habe, hätte ihren Impetus verloren, als Nixon »mit seinem untrüglichen Instinkt für menschliche Schwäche die Einberufungen reduzierte« und so die Basis dafür schuf, daß der Krieg sich noch Jahre lang hinziehen konnte. Er war wütend über Nichtgläubige, die aus religiösen Gründen den Kriegsdienst verweigerten, und kaum weniger über die jungen Amerikaner, die im Ausland Zuflucht suchten. Wäre die Regierung der Vereinigten Staaten mit Zehntausenden jungen Männern konfrontiert, die bereit wären, ins Gefängnis zu gehen statt in Asien zu kämpfen, würde der Krieg schnell zu Ende sein, meinte er. Die selbstgefällige Lethargie der Hippies und Yippies und die Massenkultur der Jugend fand er verhängnisvoll und abstoßend: »Am liebsten würde ich mit einem Maschinengewehr auf sie losgehen.«

Im selben Frühjahr, in Rom, hatte auch Alberto Moravia uns gegenüber behauptet, eine unkontrollierbar große Zahl potentieller Wehrdienstpflichtiger, die bereit seien, Strafverfolgung und Gefängnis auf sich zu nehmen, würde Washington zur Beendigung des Krieges zwingen. Moravia war der Ansicht, der Selbstherrlichkeit der Politiker könne nur mit Zahlen begegnet werden: »Eine Massenbewegung wäre ein Anzeichen für das Scheitern, und das ist es, wovor Politiker sich am meisten fürchten. Gäbe es auf amerikanischer Seite jetzt Tausende von Toten und Verwundeten, wäre der Krieg bald zu Ende.« Als Francis antwortete: »Tote und Verwundete kann man sich nicht wünschen«, erwiderte Moravia: »Sagen wir: Wenn die Zahl der Toten und Verwundeten auf amerikanischer Seite ebenso groß wäre wie die auf der Seite der Vietnamesen.«

Der jähe Ausbruch der Watergate-Affäre stimulierte Graham. Daß Nixon in der britischen Presse vielfach durch Prominente unterstützt wurde, brachte ihn in Wallung. Am letzten Maitag 1974 schickte er uns einen Brief aus Antibes, dem der Artikel eines Londoner Leitartiklers gegen die »Nixon-Hasser« beigefügt war:

> Sicher haben Sie diesen selbst für einen Straßenhändler wie Bernard absurden Text gelesen? Er verdient keine direkte Antwort, doch vielleicht kennen Sie jemanden in Washington, der bei einem Telegramm mitmachen würde?
>
> »Der Präsident hat sich über Ihre in der Londoner *Times* vom 31. Mai veröffentlichte Stellungnahme sehr befriedigt geäußert und lädt Sie ein, vom 15. bis zum 22. Juni Gast der Regierung in Washington zu sein. Im Laufe dieser Woche wird der Präsident eine wichtige inoffizielle Erklärung abgeben. Ein Zimmer ist für Sie im Hotel X reserviert worden. Nur falls Sie nicht zugegen sein können, richten Sie Ihre Antwort bitte an YZ, Weißes Haus.«
>
> Sie können dies besser aufsetzen als ich. Meine Lebenserfahrung sagt mir, daß die faustdicke Lüge immer glaubhaft ist und daß der Straßenhändler in Washington aufkreuzen wird.
>
> Wir grüßen Sie beide herzlich aus dem verregneten Antibes.

Wir mußten ihn darauf hinweisen, daß die Western Union einen solchen Schwindel höchstwahrscheinlich nicht hinnehmen würde. Das war noch die Ära der Telegramme und der großen Zornausbrüche, und die Telegraphisten in Washington behandelten solche Präsidenten-Botschaften vermutlich mit äußerster Vorsicht. Wir erklärten uns mit Graham solidarisch und schickten ihm eine Kopie unseres Briefes an dieselbe Zeitung zu diesem Thema, der nie veröffentlicht wurde. Grahams listige Methode war nicht unser Stil.

Als wir Graham kennenlernten, wunderte ich mich manchmal über Hinweise in der Presse auf seine angebliche Freude am Schabernack, denn man konnte sich kaum jemanden vorstellen, der weniger geneigt war, den Clown zu spielen oder die Rolle des »Angeschmierten« (einer von Grahams Lieblingsausdrücken) zu übernehmen. Graham fand an solchen Späßen nur dann Vergnügen, wenn er diese Streiche anderen spielte. Den Spieß umzudrehen, was zum Wesen des Schabernacks gehört, heißt immer, daß ein ahnungsloses Opfer bewußt gedemütigt und in seinem Vertrauen enttäuscht wird. In seinen Erinnerungen führt Graham Beispiele an für seinen Sinn für diese Art von Humor, und man fragt sich angesichts dieser seltsamen Episoden, wie er seine Zeit und seinen Einfallsreichtum daran verschwenden oder dabei Genugtuung empfinden konnte. Er war immer bereit, sich selbst auf die Schippe zu nehmen, konnte es jedoch nicht ertragen, wenn andere ihn zum Gegenstand ihres Spotts machten.

Amerika war das einzige Thema, mit dem er Francis immer wieder zusetzte. Wenn Graham auf Streit aus war, provozierte er mich – als Frau, und weil ich leichter zu verwirren war als Francis – mit Fragen zu allen möglichen Themen. Francis jedoch wurde für die Lage der Nation und manchmal für Amerikas Existenz überhaupt verantwortlich gemacht. Meistens auf eher spielerische Art – oder aber Francis beließ es dabei angesichts von Grahams Entschlossenheit, uns zu ärgern.

Am 3. Juli 1976 – die Vereinigten Staaten feierten in diesem Jahr ihr zweihundertjähriges Bestehen – trafen wir uns mit Graham und Yvonne zu einem Abschiedsessen. Es war der Abend vor ihrer Rückreise nach Frankreich. An den vorausgegangenen Abenden hatte Graham, der sich über den amerikanischen Jahrestag lustig machte, wiederholt darauf gepocht, daß George Washington 1754, damals ein junger britischer Offizier in Nordamerika, am 4. Juli, diesem historischen Datum, bei Fort Necessity bedingungslos vor den Franzosen kapituliert hatte. Graham erzählte uns, er habe dazu einen Brief an die Londoner *Times* geschickt und Francis Parkmans Darstellung der Schrecken, die Washingtons Niederlage mit sich brachte, zitiert. Als wir uns zu Tisch setzten, hob Graham mit einem boshaften Grinsen plötzlich sein Glas:

G. G.: Ich möchte einen Toast ausbringen: »Nieder mit George Washington.«

S. H.: Ich wüßte einen besseren. Es ist Francis' siebzigster Geburtstag.

F. S. (später): Wie kann Graham nur so töricht sein?

Graham hatte die Ausgabe der *Times* vom 2. Juli mitgebracht, in der sein Brief abgedruckt war. (Francis schickte eine Erwiderung, doch der Brief wurde nie veröffentlicht.) In dieser wie in vielen anderen Situationen hatte Grahams Humor etwas Spitzes und Scharfes – der Schneeball, der den Stein verbirgt.

Das Wort »Spaß« war ihm verdächtig, und gewisse Formen schädlicher und gefährlicher Dummheit, die als Unterhaltung hingestellt wurden, machten ihn wütend. Als eines Tages schwere Schlägereien in einem Fußballstadion Schlagzeilen machten, verurteilte er sie als »die neue Gewalt«. Dieser schreckliche Vorfall, einer der ersten dieser Art, ereignete sich, wenn ich mich recht erinnere, in Mexiko. Graham sagte: »In der Schule wurden uns Spiele als gesunde Alternative zum Krieg aufgezwungen. Heutzutage sind die meisten Spiele Krieg.« Und er fügte hinzu: »Ich bin nicht gegen Gewalt. Was ich nicht ausstehen kann, ist als Spaß verkleidete Brutalität.«

Von Grahams Freunden aus den frühen Jahren hatten manche schwierige Zeiten mit ihm durchgemacht. Graham jedoch schien die Rolle als Störenfried nicht zu mißfallen. In den meisten seiner langjährigen Verbindungen gab es, wie ich vermute, Zeiten, in denen seine Freunde den Eindruck hatten, daß er sie herzlich verabscheute. Selten kam es zu einem endgültigen Bruch, verletzte Gefühle dagegen waren an der Tagesordnung. Freundschaften aus den Jahren, als er um seine Anerkennung als Schriftsteller kämpfte, waren ihm wichtig; sie beruhten auf gemeinsamen Erfahrungen, und wenn jemand aus diesen immer dünner werdenden Reihen ausschied, empfand er das als ausgesprochenen Verlust.

Ich erinnere mich an einen Abend, als Graham und Yvonne gerade erst auf die Insel zurückgekehrt waren und wir die Neuigkeiten des vergangenen Winters austauschten. Mit einem leicht ironischen Lächeln erzählte uns Graham vom Tod einiger Freunde: »Alte Freunde, doch alle jünger als ich.« Er selbst sollte bald Achtzig werden. »Man fragt sich mehr denn je, wann die eigene Nummer aufgerufen wird. Wie bei Wordsworth:

Ich, dessen Lid vom Kindheitsschlummer
Sich früher hob, muß harren, hören,
Wie Stimmen zaghaft flüsternd fragen:
›Wer stürzt als nächster? Wer muß sterben?‹«

Er fragte, was ich von dem Gedicht noch in Erinnerung hatte, in dem Wordsworth den Tod einiger enger Freunde betrauert – lauter Dichter, die Anfang der

Norman Douglas vor dem Restaurant Le Grottelle, etwa 1949

(Islay Lyons. Mit freundlicher Genehmigung der Special Collection Division, Georgetown University Library)

Zu Besuch bei Norman Douglas: Catherine Walston, Graham Greene und Kenneth Macpherson in der Villa Tuoro etwa 1951

(Islay Lyons. Mit freundlicher Genehmigung der Special Collection Division, Georgetown University Library)

Grahams Greenes Anwesen Il Rosaio (Giovanna Lalatta)

Harold Acton in Positano, 1981 (Carlo Knight)

Francis Steegmuller, Shirley Hazzard, Graham Greene und Yvonne Cloetta im Garten der Villa Il Rosaio (Laetitia Cerio)

Die Villa Jovis (Pubbli Aer Foto)

Die Villa Malaparte (VI. Mar. di Scalogna)

Léonide Massines Isola Lunga (Andrea de Luca Edizioni)

Francis Steegmuller und Shirley Hazzard vor der Villa Fersen, 1977

(Evan Cornog)

Graham Greene im Restaurant Da Gemma, 1987 (Pietro Quirico)

dreißiger Jahre des 19. Jahrhunderts kurz nacheinander starben. Gemeinsam schafften wir es, bis auf ein paar Lücken, das ganze Gedicht aufzusagen. Als wir zu den Zeilen kamen

Kaum hat zweimal das Jahr durchmessen
Den weiten Kreis des Sonnenwagens,
Seit Coleridges Wunder-Menschenkräfte
In ihrem Quell zu Eis erstarrten.

Der Feuergeist, das Himmelsauge,
Die Götterstirn schläft in der Erde,
Und Lamb, voll Übermut und Güte,
Nahm Abschied vom einsamen Herde.

bat Francis uns, sie zu wiederholen. Sie ließen ihn an die enge Beziehung zwischen Wordsworth und Coleridge und die Entfremdung denken, die später folgte. Dann fuhren wir fort:

Wie Wolken, die die Gipfel ebnen,
Wie Wogen, trotzend jeder Hand,
So schnell schwand Bruder mir um Bruder
Vom Sonnenschein ins sonnenlose Land.

Graham fragte, warum Wordsworth wohl das Wort »Sonnenschein« gewählt habe statt »Sonnenlicht«, »das besser gepaßt hätte«. Der Dichter hatte das Wort vorgezogen, mit dem man am wenigsten gerechnet hätte. Graham stellte fest, »schnell« sei hier ein willkommenes Wort und Wordsworth selbst, der Achtzig geworden war, habe einen schnellen Tod gehabt: »Während sie einen heute auf der Folterbank am Leben erhalten.« Er fügte hinzu: »Ich fürchte nicht so sehr die Jahre bis Neunzig. Eher die ab Neunzig.«

Er fragte, ob ich ein Gedicht auf Anhieb, auf den ersten Blick auswendig lernen könne. Ich sagte ihm, ich hätte selten ein Gedicht »auswendig gelernt«, auch nicht als Schülerin, und hätte auch keine Methode, doch wenn mir bestimmte Verse nahegingen, würden sie sich mir sofort einprägen. Dann würde ich das ganze Gedicht noch einmal lesen, würde es im Gedächtnis behalten und mir laut aufsagen, wenn ich allein sei. Dann würde ich es nie vergessen, daran habe sich seit meiner Kindheit nichts geändert. Als Heranwachsende und mit Anfang Zwanzig, als ich aufgrund äußerer und innerer Umstände sehr einsam war, behielt ich Gedichte, wenn sie nicht zu lang waren, nach einmaligem oder zweimaligem Lesen im Gedächtnis. Das hatte nichts mit Fleiß zu tun. Die Erinnerung war spontan, war müheloser als das Atmen. Ich behielt alle möglichen Verse im Gedächtnis, die sich in meinem Ohr und in meiner Phantasie festsetzten. Wenn ich große Dichtung las, konnte ich mich den Wörtern nicht entziehen, es war, als hätte das Gedächtnis auf sie gewartet.

Bei Graham war es ähnlich: Er erinnerte sich eher, als daß er auswendig lernte. Er stellte fest, daß er der

Erinnerung mit den Jahren immer weniger hinzufügte, und er erinnerte sich selten an Verse neuerer Dichter, auch wenn ihm ihre Arbeit gefiel: »Ich glaube nicht, daß man für Gedichte, die entstehen, wenn die eigene Zeit hinter einem liegt, noch ein Ohr hat.« Die Gefühle, die Poesie auslöste, seien sowieso intim, intuitiv und unerklärlich. Früher habe die Dichtung eine Kraft besessen, die durch alle Generationen und Gesellschaftschichten ging. Man habe nie gewußt, wo sie plötzlich auftauchen würde. Wie eine Gnade.

Graham sollte den Schmerz eines vorzeitigen Verlustes noch einmal erfahren, als sein jüngerer Bruder Hugh, der ihm von seinen männlichen Altersgenossen der nächste war, in den achtziger Jahren starb. Damals sagte er Yvonne: »Dabei wäre ich an der Reihe gewesen.«

Mitte der siebziger Jahre arbeitete Graham zum ersten Mal an etwas, das mit Capri zu tun hatte, seinen Erinnerungen an die Dottoressa Moor, die 1975, zu der Zeit, als er das Buch schrieb, im Alter von neunzig Jahren in der Schweiz starb. »Eine unmögliche Frau«, das als Autobiographie von Elisabeth Moor präsentiert wird, ist zu einem Teil die Niederschrift von Gesprächen, die Jahre zuvor auf Band aufgenommen worden waren. Graham hatte die Idee und auch viel von Kenneth Macphersons Arbeit übernommen, der die Gespräche mit der Dottoressa geführt und für ihre

Abschrift gesorgt hatte. Als Ärztin hatte sich Elisabeth Moor um Norman Douglas in dessen letzten Monaten gekümmert, als Macpherson ihn unter seine Fittiche genommen und ihm in seinem Haus am Monte Tuoro Obdach gewährt hatte. Die Verbindungen zum Capri der Nachkriegszeit – zu Douglas, Macpherson und nun der Dottoressa – waren endgültig gerissen.

Während seiner Vorbeitungen zu dem Buch mit Elisabeth Moors Memoiren sagte uns Graham, er werde einige seiner persönlichen Erinnerungen hinzufügen und die »Auslassungen« der Dottoressa durch seine eigene Version ihrer mutmaßlichen Antworten ergänzen. In seiner Einführung als Herausgeber des publizierten Buches bekennt er sich zu diesem Eingriff, und er schließt mit den Worten: »Auch habe ich gelegentlich nicht gezögert, Erinnerungen einzufügen, die auf den Tonbändern nicht erschienen, weil die richtigen Fragen nicht gestellt wurden.« In seinem Nachwort erwähnt Graham außerdem, die Dottoressa habe ihm für die Figur der Tante Augusta in »Die Reisen mit meiner Tante« Modell gestanden.

In ihre Reminiszenzen an das Leben auf Capri hatte die Dottoressa Erinnerungen an Jacques d'Adelswaerd-Fersen aufgenommen, einen reichen Dichterling, der sich Baron Fersen nannte und – vielleicht zu Recht – behauptete, von jenem Axel von Fersen aus dem 18. Jahrhundert abzustammen, der angeblich mit Marie-Antoinette in ihren letzten Lebensjahren eine Liebesaffäre gehabt hatte. Jacques Fersen war 1904, offenbar nach einem homosexuellen Skandal, von Frankreich nach Capri gekommen und hatte sich zu einem glühenden Verehrer des Tiberius erklärt. Um auf kaiserlichem Grund und Boden zu leben, erwarb er durch die Vermittlung von Edwin Cerio den windgepeitschten Felsvorsprung an der östlichen Steilküste Capris, wo ein Kalksteinfelsen dreihundert Meter tief ins Meer stürzt, unterhalb der verfallenen Kaiserresidenz, die mit ihrem antiken Namen Villa Jovis – Jupiters Reich – heißt und von den Capresen schlicht »Tiberio« genannt wird.

Auf dem Gipfel dieser steilen natürlichen Festung verbrachte Tiberius im ersten Jahrhundert nach Christus sein letztes Lebensjahrzehnt in selbstgewähltem Exil. Er vernachlässigte seine vielen kaiserlichen Verpflichtungen, konnte seine Macht in Rom jedoch durch ein System von Kurieren aufrecht erhalten, die über Meer und Land reisten, sowie mit Hilfe von Botschaften, die durch Leuchtfeuer und Rauchsignale und von Metall reflektierten Lichtblitzen dem Festland übermittelt und von dort empfangen wurden. Die Villa Jovis, heute ein langgestreckter Komplex von Räumen ohne Dächer und unterbrochenen Promenaden, seit langem aller kostbaren Ausstattung beraubt (und, während ich dies schreibe, auf schändliche Weise vernachlässigt), krönt nach wie vor auf theatralische Weise das Halbrund steiler Felsabbrüche, zu denen auch der als Salto di Tiberio – Sprung des Tiberius – bekannte Steilhang gehört, wo laut Sueton jeder, der dem Kaiser mißfallen oder zu sehr gefallen hatte, in den Tod gestoßen wurde.

Das reich verzierte neue Haus, das Fersen vor einem Jahrhundert auf seinem Felsvorsprung unterhalb der Villa Jovis erbauen ließ, erhielt den Namen Villa Lysis, eine Hommage an einen Jüngling, den Sokrates nach der Natur menschlicher Zuneigungen befragt hatte. Der Haupteingang, in einem von Säulen umgebenen Portikus, von dem Marmorstufen in den Garten führen, trägt die lateinische Inschrift: »Amori et Dolori sacrum« – der Liebe und den Schmerzen gewidmet. Fersens Umtriebe dort, seine Beziehungen zu anderen reichen Ausländern, die damals auf Capri lebten, und sein Tod, vermutlich Selbstmord, mit 45 Jahren, alles in getreuen, wenn auch übertriebenen Details beschrieben, stellen die Handlung von »Vestal Fire« dar, Compton Mackenzies ironischem *roman à clef*, der die Zänkereien und trisexuellen Skandale auf der Insel im ersten Viertel des 20. Jahrhunderts nachzeichnet. In »Extraordinary Women«, einem Pendant zu seinem ersten Roman, schildert Mackenzie, der sich selbst nie zu seiner Bisexualität bekannte, das homosexuelle Leben von Ausländern, die damals auf Capri lebten, sowie die engeren, auf gegenseitiger Ausbeutung beruhenden Beziehungen zwischen ausländischen Inselbewohnern und den Einheimischen. Beide Bücher, die sich damals notgedrungen auf Anspielungen beschränken mußten, sind heute Zeitgeschichte und von besonderem Interesse für diejenigen, die Capri kennen. Beide enthalten genaue Beobachtungen, sind gut geschrieben und haben ihre Bewunderer.

Diese erstmals in den zwanziger Jahren veröffentlichten Romane hatten Mackenzies Verbannung von der Insel zur Folge. Das mag teilweise auf die faschistische Politik jener Zeit zurückzuführen sein. Mussolini hatte 1922 die Macht ergriffen, und die Diktatur, die sich in Italien durch kriminelle Brutalitäten zu festigen wußte, war bemüht, im Ausland den Eindruck von Disziplin und »Reinheit« zu erwecken. Der direktere Grund für Mackenzies Vertreibung war die Respektlosigkeit, mit der er in »Vestal Fire« die Brüder Cerio und andere führende Persönlichkeiten der Inselgemeinde – leicht zu erkennen hinter ihren erfundenen Namen – beschrieben hatte. Leute, die Zugang zur Macht hatten und sich ohne jeden Skrupel rächten.

Mackenzie schrieb danach andere Bücher und bewohnte andere, kältere Inseln. Soweit ich weiß, hat er Capri nie wieder besucht. Lange Zeit lebte er auf der Insel Barra, die zu den Äußeren Hebriden gehört. Er starb 1972 mit neunzig Jahren in Edinburgh. Ich weiß nicht, ob Graham ihm je begegnet ist – eines von vielen Dingen, die ich ihn leider nie gefragt habe. Natürlich hatte Graham die beiden auf Capri angesiedelten Romane gelesen, und viele andere von Mackenzies zahlreichen Büchern. Die beiden Capri-Romane kamen bei unseren Unterhaltungen hin und wieder zur Sprache und hatten vielleicht Einfluß auf Grahams großzügige Schenkung an eine Stiftung zur

Restaurierung des nicht-katholischen Friedhofs – ein von Moos überwucherter Abschnitt auf dem Hauptfriedhof der Insel, wo mehrere von Mackenzies Protagonisten in schattiger Nachbarschaft und, wie man hoffen möchte, miteinander versöhnt auf einem terrassenförmigen Hang mit Blick über den Golf ihre letzte Ruhestätte gefunden haben.

Die Restaurierung des verfallenen Cimitero Acattolico wurde auf Initiative des verstorbenen James Money begonnen. Money war ein pensionierter britischer Geheimdienstagent. Sein Buch »Capri: Island of Pleasure« ist ein exzentrischer Führer zur Vergangenheit der auf Capri im Exil lebenden Ausländer. Money kam 1973 auf die Insel, angeregt durch Mackenzies Romane, denen er selbst als Exzentriker anachronistischen Schlags hätte entstiegen sein können, so eng schien er mit den Edwardianischen Abenteuern Capris verbunden zu sein und in ihnen zu leben. Obwohl seine Verbindung zum Geheimdienstmilieu nicht bekannt werden sollte, gaben ihm die Capresen mit ihrer südländischen Intuition schon in der Stunde seiner Ankunft den Spitznamen *La Spia*.

Die Villa Fersen, wie die Villa Lysis seit langem genannt wird, hockt nach wie vor an dem historischen Kliff, wo sie den spektakulären Stürmen Capris ausgesetzt ist. Das Haus, das die im Ausland lebenden Besitzer sechzig Jahre lang verfallen ließen, wurde verkauft, restauriert und wird seit den neunziger Jahren wieder bewohnt. Als Graham über die Dottoressa arbeitete, war es allerdings noch eine halbe Ruine, an der seit Fersens Tod im Jahre 1923 nichts mehr getan worden war. In seiner Abgeschiedenheit und seinem Verfall war das Haus unbeschreiblich romantisch. Es wurde von einer Capreser Familie gehütet, die jahrelang unerschrocken den Küchenbereich auf der dem Festland zugewandten Seite des Hauses bewohnte, während die gespenstischen Salons, in denen Stuck und Goldblattdekorationen von den Wänden bröckelten, sich zusehends dem Rand des Kalksteinfelsens näherten. Der feuchte Garten, den die Haushälterin besorgte, war hinreißend: dicht bewachsen, umgeben von einem vordringenden Wall von Farnen, Kletterpflanzen, Akanthus, Lilien und Amaryllis, überschattet von Pinien, Zypressen und Stechpalmen, und in ihrer Mitte leuchteten bunte Farbteppiche von Fuchsien, Hortensien, Azaleen und allen möglichen lila, blauen und purpurroten Rankgewächsen: Glyzinien und Iris im Frühling, Nachtschatten und *stella d'Italia* im Hochsommer, im Herbst Bleiwurz und Belladonnalilien. Geranien, hochgewachsen wie Sträucher, gab es in allen Abstufungen von Rot und Korallenrot. Die verschiedenen Jasminarten, die einander im Verlauf des Jahres ablösten, blühten an Mauern und Spalieren.

Im September und Oktober wuchsen wilde Zyklamen, eine kleine duftende Blume italienischer Wälder, in großer Zahl aus den Spalten der Felswand, von der das Haus mehr oder weniger gerahmt ist. (Als ich einmal hinaufkletterte, um welche zu pflücken, wäre ich beinahe von dem Felsen abgeglitten: eine Schrecksekunde, die mir in lebhafter Erinnerung geblieben ist.) Damals war Fersens Garten von Moos überzogen, von intensiven, dunkelgrünen Farben, mit dem Impasto leuchtender Blumen: ein Paradies, in dem Vögel sangen und anhaltende Stille herrschte, ein Reich für grüne Eidechsen und schattenhafte Katzen, ein Garten von dekadenter Swinburnescher Schönheit.

Francis und ich waren damals ziemlich oft in der Villa Fersen. Wir brauchten bei unserem Spaziergang über den längeren, steileren Pfad zu den Ruinen der Villa Jovis nur einen kleinen Umweg zu machen. Wir zogen die Glocke an der Pforte zu Fersens Haus und baten, eingelassen zu werden. Man konnte durch die verblichenen, sich langsam auflösenden Räume streifen und die anmutige Treppe zum oberen Stockwerk hinaufgehen, wo die Schlafzimmer und eine lange schmale Terrasse einen herrlichen Blick auf den Golf boten. Irgendwann wurden wegen der Attacken von Wind und Wetter in den oberen Zimmern die Fensterläden verschlossen, und man konnte sie nicht mehr betreten: Teile der Terrasse stürzten herab, auch die Treppe wurde gefährlich, im Ballsaal bildeten sich lange Risse, das luftige Erdgeschoß verfiel. Aus den Mosaikornamenten drinnen und draußen lösten sich gläserne Steinchen, der Staub des abgebröckelten Stucks bedeckte die Fußböden, und am hinteren Ende eines Gartenpfads gaben Löcher einen furchterregenden Blick auf das smaragdgrüne Meer in der Tiefe frei.

Doch nach wie vor besuchten wir die dunkeläugige Hausverwalterin und ihre hübsche Tochter in ihrer dem Land zugewandten abgeschiedenen Küche und gingen vorsichtig auf einem nahe am Abgrund gelegenen Weg durch den Garten, um einen Blick in den *fumatorio* zu werfen – einen großen Raum mit niedriger Decke, der, zur Hälfte in den felsigen Boden eingelassen, mit einem Rund von Diwanen möbliert war. Hier hatte Fersen im Anklang an ein römisches Nymphäum seine Opiumhöhle installiert. Später stürzte das Dach der Höhle ein, begrub das grottenähnliche Dekor unter sich und ließ die schaurige Atmosphäre der Szenerie noch bedrohlicher erscheinen.

Nach Fersens Tod haben Schriftsteller verschiedener Nationalitäten und unterschiedlicher Begabung seine Jahre auf Capri als Material gedient. Als Graham mit der Dottoressa und ihren Memoiren beschäftigt war, erzählte er uns, Fersen und seine Villa seien in den Erinnerungen der Dottoressa beschrieben, und er schlug uns vor, mit ihm und Yvonne einen Spaziergang zu dem Haus zu machen, das er noch nie gesehen hatte. Anschließend setzten wir den Aufstieg bis zur Villa Jovis fort, wo wir in einer rustikalen Trattoria, die es damals am Südhang des Tiberischen Berges gab, zu Mittag aßen. Man hatte von dort einen wunderbaren Blick auf die amalfitanische Küste und den Golf von Salerno.

Ich denke mit Freuden an diesen interessanten Tag zurück, an dem wir so viel erlebt und außerordentliche

Szenerien gesehen haben; zudem war Graham den ganzen Tag guter Laune. (Wenn ihm ein Ausflug mißfiel, bekam man es zu spüren, bis man sich schließlich irgendwie schuldig fühlte. Wir überließen es ihm, solche Exkursionen vorzuschlagen, doch auch dann konnte man nicht unbedingt sicher sein.)

Wir trafen uns auf der Piazza, nachdem Graham sein Tagespensum – »meine 350 Wörter« – geschafft hatte und bereit war, einen Martini Dry zu sich zu nehmen. Von dort brachen wir mit dem Spaniel Sandy zur Via Tiberio auf. Für den Weg zu der Villa Jovis, der gleichmäßig ansteigt, braucht man rund eine Stunde. Man hat die ganze Zeit einen Panoramablick, und das Aufsteigen ist nur an heißen Tagen beschwerlich. Anacapri und der Monte Solaro liegen im Rücken, der Golf von Neapel zur Linken, und der Tiberische Berg schiebt sich nach und nach ins Blickfeld. Der Weg zu Fersens Haus biegt zwischen Obstgärten und Weinbergen ab und endet in einem kleinen Pinienhain, der zur Pforte der Villa hinaufführt. Unterwegs wurde viel nach Sandy gerufen, der, einmal von der Leine gelassen, aufgeregt zwischen Gemüsebeeten und Unterholz herumlief, Katzen von niedrigen Mauern verscheuchte und sein Glück kaum fassen konnte.

Graham war entzückt. Ihm gefiel die seltsam geisterhafte Villa, die durch den Verfall noch theatralischer wirkte. Wie weit er Schönheit und Natur zur Kenntnis nahm, wußte man bei ihm nie, doch einer starken Ausstrahlung und Atmosphäre entzog er sich nicht. Damals war es noch gestattet, das Erdgeschoß zu betreten, und wir sahen uns stillschweigend in den hohen Räumen um. Graham genoß das Unvorstellbare mit leisem Lächeln. Draußen gingen wir an einem niedrigen, zerbrochenen Geländer um das Haus und den Felsvorsprung herum und warfen einen Blick in das »Rauchzimmer«, das Graham am besten gefiel. Damals war die »Höhle« noch nicht von Staub und Mörtel bedeckt, und das Rund durchgesessener Diwane beschwor das Bild einer verschwundenen Gesellschaft ermatteter Sonderlinge und ihres dahinsiechenden Gastgebers herauf.

Graham sagte: »Als ich von Saigon nach Capri zurückkam, gab mir die Dottoressa eine Dose mit Opium, die sie von Fersen bekommen hatte – sie war all die Jahre über verschlossen geblieben. Das Opium war von hoher Qualität und reichte für mehrere Pfeifen, die wir in meiner Londoner Wohnung rauchten.«

Wenn von Opium – oder auch von Kim Philby – die Rede war, dann nie ohne Prahlerei.

Francis meinte, Cocteaus Beschreibungen seines Opiumentzugs in den zwanziger Jahren mahnten doch immerhin zur Vorsicht.

G. G.: Ich bin nie süchtig gewesen, anders als Cocteau, der es vermutlich die längste Zeit seines Leben war.

F. S.: Er hörte auf und litt. Fing wieder an und litt. Diese Zeichnungen sind wahrscheinlich seine besten graphischen Arbeiten – so daß in diesem besonderen Fall vielleicht ein gewisser Ausgleich geschaffen wurde.

Graham hätte vermutlich dem Dichter Leopardi zugestimmt, der »Schlaf, Opium, Leiden« als Mittel gegen das Einerlei des Alltags vorschlug. »Und das letzte ist das stärkste: Denn solange der Mensch leidet, langweilt er sich nicht.«

Ich mußte an die glasigen, manchmal stumpfen Blicke von Händlern und Angestellten in chinesischen Geschäften und Büros denken. Wir hatten das Buch »Foreign Mud« von Maurice Collis gelesen, und sofort kamen wir auf die Ostindische Gesellschaft und den Opiumkrieg zu sprechen – während wir am Rand des tyrrhenischen Gebirgsvorsprungs standen und durch ein zerbrochenes Fenster in Fersens geisterhaften Salon blickten und Sandy um unsere Füße herumschnüffelte.

Als wir die Villa Fersen verließen und den Aufstieg zum Monte Tiberio begannen, sagte Graham: »Ohne Sie hätten wir sie nie gesehen.« Francis erwiderte: »Sie wären auch ohne uns hierhergekommen.« Doch Graham schüttelte den Kopf. Bei seinen ersten Besuchen auf Capri sei er »ziemlich viel auf der Insel herumgewandert. Aber ich war schon lange Jahre nicht mehr auf dem Tiberio. Als ich das erste Mal hier raufging, wollten sie mich auf einen von diesen Eseln setzen.«

Kleine Esel, die *ciucci*, seit unsterblichen Zeiten

Lastenträger auf Capri, standen noch bis vor relativ kurzer Zeit den Touristen in den Inselregionen zur Verfügung, wo keine Autos fuhren; später wurden sie durch kleine elektrisch betriebene Gefährte ersetzt, die für die steilen, engen Wege konzipiert waren. In den siebziger Jahren wurde zu touristischen Zwecken und für Kinder zum Reiten im Sommer ein letztes Paar Esel bereitgehalten. Sie hießen Tiberio und Michelangelo – die *ciucci* wurden hier oft nach Künstlern und Kaisern benannt – und waren in der Nähe der eleganten Terrasse des Hotels Quisisana stationiert, wo sie, wenn sie in verliebter Stimmung waren, mit ihrem anstößigen Gebaren gelegentlich die reichen Gäste während ihrer Cocktailstunde amüsierten. Außerhalb der Saison war ihr Leben weniger glamourös; dann wurden sie an Maurer und Unternehmer zum Tragen von Lasten vermietet. Doch selbst dann gab es glanzvolle Momente für sie. Der Fotograf Horst erzählte uns, daß er in früheren Jahren bei der Ankunft auf der Insel, wo er Aufnahmen von der eleganten amerikanischen Schönheit Mona Harrison Williams in ihrer Villa oberhalb des Hafens machen sollte, seine Ausrüstung auf dem Rücken eines kleinen Augustus oder Leonardo transportieren konnte.

Graham berichtete, der Versuch, ihn auf einem Esel reiten zu lassen, sei an seiner Körpergröße gescheitert: Wenn er auf dem kleinen Esel saß, berührte er mit beiden Füßen den Boden. Bei einem zweiten Versuch rutschte der Sattel herunter, als er den Fuß in den Steigbügel setzte, und Graham und Caravaggio endeten in enger Umarmung auf der Erde.

Der Aufstieg zum Monte Tiberio schließt mit einem mehrminütigen Gang über eine letzte sanfte Erhebung und einem leicht begehbaren Weg zu den labyrinthartigen Ruinen, die sich in wuchtigen, gelbbraunen Blöcken wabenartig um und über den östlichen Gipfel der Insel gruppieren. Vom Kaiserpalast des Tiberius ist nichts weiter geblieben als ein Gewirr von römischen Ziegelsteinen, einem netzartigen Mauerwerk und wellenförmigen Böden, die mit begehbaren Pfaden, Gräsern und gelb blühendem Ginster durchsetzt sind und schließlich zu einer Reihe großer Gebilde führen – hohe gewölbte Kammern, die früher als Zisternen oder Vorratskammern dienten. Die Überreste der kaiserlichen Quartiere – die Privatgemächer, die kaiserlichen Bäder, die Loggia und die Terrasse – reichen bis an den Rand des Felsvorsprungs. Hier befindet sich das *ambulatio*, ein von Säulen gerahmter Wandelgang, wo der Kaiser allein auf und ab schritt und über die Angelegenheiten des Staates und über Leben und Tod entschied – im Schutz einer uneinnehmbaren natürlichen Festung und umgeben von einer der schönsten Szenerien der Welt, wie sie auch heute noch existiert.

An diesem Tag waren wir wie oft in jenen Jahren fast allein. Wir saßen an einem Holztisch nahe einem Geländer und blickten auf das Sirenenland jenseits der fünf Kilometer breiten Meeresenge, die Capri vom

Zipfel der Sorrentiner Halbinsel trennt. Hinter uns ragten die Überreste des Faro auf, eines römischen Wacht- und Leuchtturms, der im Laufe der Jahrhunderte zu einem Ziegelsteinhaufen zusammengefallen war und vor wenigen Jahren grob restauriert wurde. Wir tranken den schwefligen Hauswein und zerbröckelten köstliches Brot, begleitet von den Tiraden einer Katzenmutter, die auf dem abgerundeten Rand der Stützmauer erschien und ihre Jungen zu sich rief, wobei sie den gefährlichen Abgrund ebenso ignorierte wie unser förmliches Angebot von Brot und Spaghetti.

Die gemütliche kleine Trattoria mit der guten Pasta und der zweifelhaften Hygiene gibt es schon lange nicht mehr, das kleine Bauernhaus wurde umgebaut, dort kaufen jetzt die Besucher der Ruinen ihre Eintrittskarten. An der rissigen Außenwand des Raums, der früher als Küche der Trattoria diente, befindet sich noch eine moderne Tafel mit einem Zitat des Dichters Statius, der im ersten Jahrhundert nach Christus in Rom verehrt wurde und mit großer Anhänglichkeit seine Heimat, die neapolitanische Küste, beschrieb, wo sich viele reiche Römer »einer Mischung aus römischer Würde und griechischem Wohlleben« erfreuten. Die Tafel an der Villa Jovis erinnert den Reisenden daran, daß der verfallene *Faro* mit dem Flackern seines hohen Leuchtfeuers einst eine beruhigende Wirkung auf die von der Dunkelheit überraschten Seeleute hatte, eine Beruhigung, die bei der stürmischen Fahrt durch die Meerenge zwischen Capri und dem Festland auch nötig war, wo eine der *bocche* – der »Mündungen« des offenen Meeres – machtvoll in den Golf von Neapel strömt.

Als das Kap jenseits der Meerenge unter griechischer Herrschaft stand, erhob sich dort ein der Athene geweihter dorischer Tempel, der im zweiten Jahrhundert vor Christus, als die Macht von Griechenland an Rom übergegangen war, nach Minerva benannt wurde. Statius gehört zu den römischen Dichtern, die auf den heiligen Charakter dieser Meerenge hinwiesen, wo Seeleute ein Trankopfer für die Göttin in die Wasser schütteten, damit sie ihre Fahrt aufs Meer hinaus beschütze, oder um sich für ihre heile Rückkehr zu bedanken.

Graham überlegte, ob heute noch irgend jemand Statius lesen würde. Als wir ihm sagten, daß wir es taten, lachte er: »Was sind Sie beide doch für Angeber!« Kleine Nachrichten aus der alten Welt brauchten gewöhnlich sehr lange, bis sie auch zu Graham durchdrangen; doch an diesem Tag war er in empfänglicher Stimmung und wollte Näheres über Statius' Leben und Werk wissen. Francis sagte, die Gedichte hätten ihn auf angenehme Art und Weise beeindruckt, er bedauere nur, daß der Dichter sich einerseits allzu sehr über eine Einladung an den Tisch des Kaisers Domitian gefreut habe und andererseits allzu niedergeschlagen gewesen sei, weil er bei der Vergebung des wichtigsten Literaturpreises seiner Zeit immer übergangen worden war.

Graham fragte: »Wer hat ihn bekommen?«

Das ist nicht bekannt.

Als wir beim Kaffee angelangt waren und auf die amalfitanische Küste und die sonnenverbrannten Sirenenfelsen blickten – dort drüben Li Galli genannt –, die nahe bei Positano liegen, fragte uns Graham: »Glauben Sie, daß diese Inseln jemals richtig grün sind?«

Auch hier berief er sich auf Browning, auf sein sorrentinisches Gedicht »Der Engländer in Italien«

und dort schlummerten,
so grünlich wie eh und je
Die Inseln der Sirene, oh, ihr Galli …

Wir hatten diese Inseln hin und wieder mit kurzlebigem Grün bedeckt gesehen, in einem regnerischen Frühjahr oder im Laufe eines milden, feuchten Winters, und wir glaubten nicht, daß es anders war, als Browning in einem Gedicht aus der Zeit um 1840 diese Küste und diese Landschaft in einem »langen, heißen, trockenen Herbst« beschwor.

»Das Wort grünlich«, sagte Graham, »wurde dann vermutlich um des Verses willen gebraucht. Nun ja, das kann man ihm nachsehen.«

Isola Lunga, die bekannteste der Galli-Inseln, hat die Umrisse Capris en miniature. Auf dem steinigen Sattel steht ein flaches Haus, das einst an klaren Tagen vom Salto di Tiberio aus deutlich zu sehen und damals noch weiß war. In späteren Jahren wurde das einfache Haus ausgebaut, und in seiner Nähe entstanden andere Gebäude. Als wir mit Yvonne und Graham zum Monte Tiberio wanderten, gehörte die kleine Insel noch Léonide Massine, der sie 1917 auf seiner für die Kunstwelt folgenreichen dreimonatigen Italienreise mit Picasso und Cocteau entdeckt hat. (Über den schwierigen Kauf der Isola Lunga und Massines lang anhaltende, enge Beziehung zu ihr hat der verstorbene Vicente García Márquez in seiner hervorragenden Biographie des Tänzers berichtet.) Nach Massines Tod, 1979, erwarb Rudolf Nurejew die Insel.

Graham meinte: »Der Ort sieht idyllisch aus, aber er könnte die Hölle bedeuten.« Graham neigte zu dem Verdacht – und in gewissen Stimmungen vielleicht zu der Hoffnung –, daß die meisten Idyllen die Hölle bedeuteten.

Ein paar Jahre zuvor hatten Francis und ich Massine auf seinem Felsen besucht. Francis erzählte von dem Ausflug, den wir unternahmen, als er über Jean Cocteau schrieb. Er hatte Massine nach seiner Zusammenarbeit mit Cocteau und insbesondere nach dem Ballett »Parade« fragen wollen, das Cocteau, Picasso, Massine und Erik Satie 1917 kreiert und worüber sie sich zerstritten hatten – 1917, das Jahr der Westfront und der Russischen Revolution, hatte auch dieses, eine neue Bewegung begründende Werk des *Sur-Réalisme,* wie er nach einem Wort seines Erfinders Guillaume Apollinaire benannt wurde, hervorgebracht.

Ende der sechziger Jahre kamen wir von New York nach Italien, um einige Wochen auf Capri zu verbringen und dort Manuskripte fertigzustellen. Francis hatte brieflich eine Begegnung mit Massine auf Isola Lunga vereinbart, die von Positano aus mit einem gemieteten Motorboot schnell zu erreichen ist. Die Tage davor verbrachten wir in Ravello auf dem Berg oberhalb von Amalfi, das eine einstündige kurvenreiche Autofahrt von Positano entfernt ist. Massine hatte den Termin telefonisch bestätigt. Als Francis zur verabredeten Zeit auf der Insel eintraf, wurde ihm mitgeteilt, daß Massine nach Neapel gefahren sei, um den Tag dort zu verbringen. Eine neue Verabredung, die zwei Tage später stattfinden sollte, könne sofort vereinbart werden. Als Francis verärgert nach Ravello zurückkam, schlug er vor, daß wir an dem neu vereinbarten Tag ein Mietboot von Positano nach Capri nehmen und die Fahrt auf Isola Lunga unterbrechen sollten, um zu sehen, ob Massine auch wirklich anwesend sei.

Die Gewässer vor dieser Küste sind sehr tief und in der Nähe von Massines Felsen mit ihren Abstufungen opalisierender Farben ausgesprochen klar. Die kleine Insel, der glühenden Sommerhitze ebenso wie im Winter den Stürmen und berghohen Wellen ausgesetzt, lag an jenem Morgen in transparentem Licht. Man blickte die Bergzinnen entlang der ganzen Küste hinauf und hinunter auf den Golf von Salerno bis zum Gestade von Paestum. Unser *gozzo* war an der

Anlegestelle festgemacht, der Bootsführer ließ sich für eine oder zwei Stunden nieder, und wir gingen die Steinstufen hinauf zum Haus. Wir waren um ein Uhr mittags eingeladen – zum Lunch, wie wir vermuteten. Nahe dem Hauseingang, in einem niedrigen, von einem Betonträger gestützten Durchgang voller Pfützen, kam ein Trupp großer Kinder kreischend auf uns zugestürzt. Sie rannten weiter bis zum Meer. Als wir uns wieder gefaßt hatten, stellten wir fest, daß es nur zwei und obendrein ziemlich kleine Kinder waren. Eine blonde, statuenhafte junge Frau in einem Bikini trat tropfnaß unter einer Dusche hervor und sagte ein paar Worte zu uns, auf deutsch. *Spamponata,* wie die Italiener sagen, eine verblühte Rose, und offensichtlich die Mutter der Kinder, lebte sie mit Massine und mit ihrer eigenen Mutter auf der Insel. Sie begrüßte uns mit mechanischer Höflichkeit und sagte zu Francis, Massine könne ihn nicht gleich empfangen, denn »wir wollen uns gerade zum Mittagessen hinsetzen«. Also wurden wir in ein großes Zimmer mit Terrasse geführt, von der man nach Capri hinüberblickte. Und dort warteten wir, ohne etwas zu essen zu bekommen und nicht sonderlich überrascht. Francis bemerkte: »Ein weiterer von Cocteaus Späßen.«

Die blaue, homerische Ansicht Capris und die mächtigen Felsen vor der südlichen Steilküste entschädigten uns für alles. Mit ihren Gipfeln und den pastellfarbenen Dörfern an der Küste, mit den schmalen Bändern von Zitronenbäumen und Rebstöcken im

Hintergrund, die an dem strahlenden Tag wie große grüne Leitern aussahen, lag die Insel, von der Terrasse aus gesehen, wie ein Kieselstein in der Unendlichkeit. Die Sonne trieb uns nach drinnen, doch das Zimmer mit den weit geöffneten Glastüren verschmolz mit seiner Umgebung. Der hohe, etwas altmodische *salotto*, mit einem Klavier, Polstersesseln, kleinen Tischen und einem abgeschabten Sofa möbliert, war früher sicher gepflegt und komfortabel gewesen. Jetzt wirkte er vernachlässigt und litt an Feuchtigkeit. Der Verfall eines vom Meer umgürteten Hauses hat nicht den Charme langsamer Verwahrlosung. Das Salz führt zu schneller Zersetzung: Grüner Schimmel und bräunliche Stockflecke stellen sich ein, alles Metallene rostet und zerfällt zu Staub, kostbares Holz verfault. Ein verfallendes Haus am Meer hat keine Gegenwart und keine Zukunft, nur eine Vergangenheit mit quietschenden Türen, morsch gewordenen Fenstern und dumpfen Erinnerungen.

Wir hatten unsere Sachen im Boot gelassen und hatten nichts zu lesen. Ich ging zur Anlegestelle hinunter, um den Bootsführer zu beschwichtigen, der ein Bad im Meer genommen und seine von zu Hause mitgebrachte *merenda* gegessen hatte. Er war über die Verspätung keineswegs erstaunt. Verspätung ist in diesem Teil der Welt etwas Normales. Bald nachdem ich die Stufen wieder hinaufgestiegen war, erschien Massine in einem makellos weißen, offenen Hemd, Baumwollhosen und lautlosen Espadrilles. Er entschuldigte sich dafür, daß er uns nicht zum Essen eingeladen habe, und meinte, wir hätten angesichts der mageren Kost nichts verpaßt: »Mieux vaut s'en passer.« Wir sprachen natürlich über den Zauber seiner Insel, und er erzählte uns von seinem langjährigen Plan, ein kleines Freilichttheater zu errichten, mit den Bauarbeiten sei vor kurzem begonnen worden. Dann setzte er sich, um über Cocteau zu sprechen.

T. S. Eliot hat einmal, als er Massine rühmte, das Wort »unmenschlich« gebraucht. Massine besaß kreatürliche Eigenschaften, er war ausgesprochen schlau, aber letzten Endes unzugänglich. Sogar sein Körper hatte etwas Widersprüchliches. Er war klein und gedrungen, doch geladen mit einer Lebendigkeit, die ihn größer erscheinen ließ, geschmeidig, *câlin*, und doch kraftvoll und absolut selbstbeherrscht. Das Ebenmaß war vollkommen mit seinem schönen Kopf und den harmonischen Gesichtszügen – die dichten Augenbrauen, die kleine Nase, die vollen Lippen mit ihrer kontrollierten Lebhaftigkeit, die leicht abstehenden Ohren und die berühmten schwarzen, tief liegenden Augen. Ich erinnerte mich an eine kleine Gouache von Picasso, die ich in einem Haus in der Nähe von Avignon gesehen hatte: Massine als Pulcinella, 1920, wie er einen purpurroten Vorhang teilt, um den Applaus entgegenzunehmen – eine Gestalt, die sehr gut zu den nüchternen kubistischen Formen paßte.

Als wir Massine auf Isola Lunga besuchten, war ihm, dem über Siebzigjährigen, das Alter nicht anzumerken. Er hatte ein promptes, weitreichenes Gedächtnis, sprach ausdrucksvoll und intelligent, und sein Verhalten war freundlich, förmlich, zuvorkommend. Man hatte den Eindruck, daß er stets und in allem seine eigenen Interessen im Auge hatte – wie bei der Vereinbarung oder Annullierung von Verabredungen –, und daß dies nie anders gewesen war. Es gab einen unvergeßlichen Augenblick: Francis fragte, wie es zu den Innovationen gekommen sei, die bei den ersten Aufführungen von »Parade« Entrüstung hervorgerufen hatten – der gewagte »Onestep« und die eckigen »kubistischen« Bewegungen, die ein an klassisches Ballett gewöhntes Publikum schockieren mußten. Um seine Antworten zu veranschaulichen, sprang Massine plötzlich auf, war im Nu an den geöffneten Fenstern mit einer Reihe von Schritten, Haltungen, Gesten, die in einer Pose abrupter, humorvoller Intensität kulminierten. Seine blaue Kulisse waren Himmel und Meer und die Monolithen Capris.

Als wir aufbrachen, lud Massine uns ein, sein im Bau befindliches Freilichttheater zu besichtigen, wo die Maurer gerade, wie deutlich zu hören war, ihre Nachmittagsschicht begonnen hatten. Wir verließen das Haus, gingen an kleinen, niedrigeren Räumen vorbei, in denen Kindergejammer, von leichtem Gepolter begleitet, nach draußen drang, so daß man plötzlich den Eindruck von Erschöpfung und Unordnung gewann. Massine hatte es fertiggebracht, sich inmitten einer legendären Landschaft mit dem ganzen unexotischen

Drum und Dran von Suburbia zu umgeben. Die blonde Frau in der Küche nickte uns zum Abschied mit zerzaustem Haar zu und schenkte uns ein müdes Lächeln.

Um vier Uhr nahmen wir an Capris Strand in einer Trattoria, die sich nicht an strenge Öffnungszeiten hielt, unser Mittagessen zu uns.

Francis erzählte Graham und Yvonne ein wenig von unseren Erlebnissen. Ich glaube, Massines »Umstände« auf seiner italienischen Insel waren das Gegenteil von Grahams Situation auf Capri. Greene kam nach Capri, um zu entfliehen, Massine war nach Isola Lunga gegangen, weil er die Insel liebte. Graham wollte frei sein von belanglosen Verpflichtungen und Zerstreuungen, Massines Wahl bedeutete den unablässigen Kampf mit den Elementen der Natur, den Anforderungen eines beengten häuslichen Lebens und mit den Störungen und Schwierigkeiten, die mit der Erhaltung des Hauses und den Bauarbeiten verbunden waren. Massine hatte Schönheit mit den unerbittlich dazugehörenden Zwängen gewählt, Greene Autonomie.

Von der Villa Jovis gingen wir mit Yvonne und Graham durch die Ruinen über einen Weg, der uns mit kleinen Umwegen zu dem Steilhang gegenüber von Neapel führte. Auf der einen Seite von uns wölbte sich der Rand der Insel über einem Vakuum. Graham war wie wir der Auffassung, daß die vor langer Zeit noch oberhalb der kaiserlichen Residenz erbaute kleine Kirche »eine Beleidigung« war, auf die man besser verzichtet hätte. (Ein paar Jahre später wurde die Statue der Madonna auf ihrem Podest neben der Kirche von einem tiberischen Blitzstrahl in tausend Stücke zerschmettert und durch eine größere Bronzeversion mit verwegen modernen Zügen ersetzt, die mit einem Zauberding namens Blitzsableiter ausgerüstet ist.) Graham fragte Francis nach seiner katholischen Erziehung in Connecticut. Als Francis zurückfragte, ob er noch immer praktizierender Katholik sei, antwortete Graham: »Ich bin seit über zwanzig Jahren nicht mehr zur Beichte gegangen.« Er wich mit einem Satz aus, den er gern und oft sagte: »Ich betrachte mich als katholischen Agnostiker.« Er fügte hinzu, daß er in intellektuellen katholischen Publikationen nach wie vor kritisiert werde, weil er in seinen Büchern die Kirchenpratiken »unrichtig« interpretiere. Bei einer Privataudienz habe Papst Paul VI. ihn beruhigt: »Er sagte zu mir: ›In jedem Ihrer Bücher gibt es Passagen, die manche Katholiken immer anstößig finden werden. Das sollte Sie nicht bekümmern.‹« Graham schien es tatsächlich nicht zu bekümmern. In Jupiters Reich sprachen wir über das Rätsel Religion in der neuerdings wieder skeptischen und wieder abergläubischen Welt.

Von den Ruinen interessierten Graham vor allem das *ambulatio*, wo der Kaiser einst allein auf und ab geschritten war, die Überreste eines mutmaßlichen Observatoriums, wo das Himmelsgewölbe beobachtet und das Horoskop des Kaisers erstellt wurde. Tiberius' Rückzug nach Capri und seine unberechenbare Herrschaft über das Römische Weltreich aus einer für die damalige Zeit großen Abgeschiedenheit faszinierten uns natürlich alle. »Es war Furcht«, sagte Graham. »So machte er sich unbezwinglich.«

Francis wies darauf hin, daß auch so Gefahr von innen gedroht habe. Wie Tacitus berichtet, begab sich Tiberius, wenn er private Gespräche führen wollte, an die höchste Stelle seines Anwesens, genau dahin, wo wir gerade standen, damit man ihn nicht belauschen und nicht überraschen konnte. Als Sejanus, der Günstling des Kaisers, seine Machtbefugnisse überschritten hatte, entsandte Tiberius ihn vorgeblich als seinen verdienten Emissär nach Rom und schickte gleichzeitig einen versiegelten Brief mit dem Befehl, ihn zu töten. Wir sprachen über Ben Jonsons Drama über diesen Stoff, »Der Sturz des Sejanus«, und über die Szene, in der der römische Senat »den gewaltigen, wortreichen Brief aus Capreae« entsiegelt und ihn in Anwesenheit des entsetzten Sejanus laut vorlesen läßt.

Ben Jonson, der Tacitus gelesen hatte und so zu dem Stück anregt worden war, mußte sich das tiberische Capri im Geiste ausmalen. Man wüßte gern, wie er es sich vorstellte. Und wie immer fragten wir uns auch an diesem Tag, was Graham eigentlich wahrnahm – oder vielmehr, was ihm an der außergewöhnlichen

Aussicht gefiel. Als wir einmal zusammen zu Füßen der Faraglioni-Felsen geschwommen waren und nach dem Mittagessen in einem kleinen Motorboot nach Marina Grande zurückfuhren, blickten wir zu der dort oben hängenden Lawine aus Dolomitgestein, zerklüfteten Grotten und wankenden Felsenspitzen hinauf. Graham hatte gelacht und gesagt: »Man spürt, daß es eine Bedeutung haben muß. Da oben muß sich irgend etwas abspielen, ein Ereignis im Einklang mit der Szenerie« – den Steinen auf Capri hat so manch romantischer Mensch Gefühle zugesprochen.

Im Herbst 1939, nach dem Ausbruch des Krieges in Europa, hatte Robert Penn Warren an der Brüstung der Villa Jovis gestanden, hilflos auf die Geschichte geblickt

Dort, auf der Ziegeninsel, stand ich einst
Und starrte, als das Dunkel fiel, aufs stinkende Europa

und einen kleinen Stein, als Protest, ins Meer hinunter geworfen:

Das, wenigstens, konnte ich doch tun.

Auf dem Rückweg zur Stadt gingen Yvonne und Francis mit Sandy voraus. Graham und ich folgten ihnen. Wir sprachen über die Faszination von Vergeltung, für die, wie er glaubte, Nemesis inzwischen mit »Kriminalromanen« ihre eigene literarische Gattung geschaffen habe. Ich erklärte, es habe doch immer, im Leben wie in der Literatur, das erregende Spiel von Flucht und Verfolgung gegeben, das wunderbare Gefühl, mit etwas davongekommen zu sein. Graham war der Meinung, daß die Sünde selbst etwas Erregendes hatte, Erregung angesichts von Schuld und Furcht und sogar bei der Erwartung, entlarvt zu werden. In nahezu allen guten Büchern spielten diese Faktoren eine Rolle. Wir sprachen über französische Dichter des 19. Jahrhunderts, die diese Themen außerordentlich modern behandelt hatten. Graham kam wieder auf das Erscheinen von Detektiven im Roman zurück, und wie sich das Thema der Vergeltung von Wilkie Collins bis zurück zur Literatur der Viktorianischen und Edwardianischen Zeit überall manifestiere. Ich sagte, fast alle Romane von Dickens und auch viele von Conrads Romanen seien wunderbar auf das Thema der Vergeltung fixiert. Aber ich war Graham hoffnungslos unterlegen, denn was Kriminal- und Agentenromane betraf, hatte er ein geradezu enzyklopädisches Wissen. Er mochte die frühen Polizisten mit ihrer Allwissenheit – Dickens' Inspektor Bucket, weise, scharfsinnig und unnachgiebig wie Gott –, doch er zog die einsamen Verfolgungsjagden eines Sherlock Holmes und seiner Jünger vor, begeisterte sich für Arsène Lupin, den *gentleman cambrioleur,* eine von Maurice Le Blanc geschaffene und für Graham schicksalhafte Gestalt, der er bei seiner frühen Lektüre begegnet war.

Das Thema paßte gut zu unserem tiberischen Tag.

Der unerbittliche Kaiser hat die Insel durch seine ungeheuerliche Präsenz für immer geprägt, denn es scheint so, als hätte Capri danach immer Kultfiguren und große Persönlichkeiten versammelt – Norman Douglas zum Beispiel und eben Graham Greene –, die sich letztlich von der sagenhaften Eigenart der Insel angezogen fühlten und selbst Teil des Mythos wurden. »*Grande personnagio*«, sagte mir kürzlich ein Mann in Anacapri, als wir uns auf dem Weg, der zu Grahams Pforte führt, begegneten.

In den siebziger Jahren brachte Graham mit seinem selbstauferlegten Arbeitspensum von mindestens 350 Wörtern pro Tag – »ich versuche immer an einer Stelle aufzuhören, wo es leichter sein wird, wieder anzufangen« –, Überarbeitungen eingeschlossen, noch immer etwa alle zwei Jahre ein Buch heraus: einen Roman, einen Band Erzählungen, seltener ein Theaterstück oder auch, ausnahmsweise, ein essayistisches Buch. Die Arbeit, sein Leben und sein Rettungsanker, stand als notwendiges wie forderndes Vergnügen immer an erster Stelle. Außerdem gab es mit gewisser Regelmäßigkeit die Filme, die auch noch in späteren Jahren nach seinen Romanen gedreht wurden.

Von wenigen Ausnahmen abgesehen – »Der Dritte Mann«, der nach seinem Drehbuch gedreht wurde, und »Kleines Herz in Not«, der auf seiner Kurzgeschichte »Der Kellerraum« beruhte – war er mit den nach seinen Romanen entstandenen Filmen unzufrieden, was oft an der falschen Besetzung lag.

»Ja, Trevor Howard war sehr gut (in ›Das Herz aller Dinge‹). Wir waren auch befreundet, haben miteinander getrunken. Doch das Mädchen war eine Fehlbesetzung, und das ließ die ganze Sache scheitern. Ähnlich war es bei ›Unser Mann in Havanna‹ – ich hatte viel Spaß beim Drehen, Noël Coward und ich flogen zusammen nach Jamaica, Alec Guinness war ausgezeichnet. Aber auch hier war die Rolle des Mädchens falsch besetzt.«

Bei der Landung auf Jamaica wurden Greene und Coward von den Mächtigen, die den Film produzierten, empfangen. Sie hatten eine Kandidatin für die weibliche Hauptrolle mitgebracht: »Die Freundin von irgendwem. Uns sank das Herz. Das Mädchen war nicht jung genug, nicht mädchenhaft genug, sie hatte die falsche Stimme. Sie war mondän, und hart. Bei einem gemeinsamen Lunch im Hotel war das Mädchen nicht dabei. Als die Besetzung zur Sprache kam, sagte ich, das Mädchen scheine mir nicht die richtige Wahl zu sein. Sie begriffen, daß sie am Flughafen einen schlechten Eindruck gemacht hatte: ›Sie war überwältigt, Sie beide kennenzulernen. Sie war schüchtern.‹ Worauf Noël schnaubend sagte: ›Diese Nutte und schüchtern!‹ Danach ging alles schief.«

1984 wurde in New York ein Kriegsfilm gezeigt, der auf einer Kurzgeschichte Grahams basierte, im Rahmen einer Retrospektive von Filmen aus den vierziger Jahren. Francis' Brief, in dem er unser Vergnügen an diesem wenig bekannten, aber packenden Film beschrieb, beantwortete Graham so:

> Ich habe »Went the Day Well« leider nie gesehen. Mein Freund Cavalcanti hat den Film nach meiner Kurzgeschichte »The Lieutenant Died Last« gedreht. Soweit ich weiß, hatte er mit der Kurzgeschichte, die während des Krieges veröffentlicht wurde, nicht viel gemein. Das Zitat, das den Titel hergibt, ist mir entfallen. Ich weiß nicht warum, aber ich habe immer geglaubt, es sei aus einem Stück von Shakespeare!
>
> Ich hoffe, wir sehen Sie und Shirley im Frühjahr auf Capri, aber Gott allein weiß! Wir beide senden Ihnen beiden unsere herzlichen Grüße.

In diesem Film, wie schon in der Kurzgeschichte, bringt der Krieg die Greenesche Art von Schrecken in ein idyllisches englisches Dorf. In einer entscheidenden Szene wird einem deutschen Offizier Pfeffer in die Augen gestreut.

Von den großen Schauspielern bewunderte Graham vor allem Ralph Richardson und Paul Scofield; Laurence Olivier stand er besonders ablehnend gegenüber. Sein nachdrückliches, unwiderrufliches Mißfallen an Oliviers Spiel war vermutlich auf seinen angeborenen Widerstand gegen die jeweils herrschende Meinung zurückzuführen. Die Faszination, die Theater und Film auf ihn ausübten, schlug sich in Grahams Fall nicht in schauspielerischem Talent nieder. In einer Statistenrolle in François Truffauts »La Nuit Américaine« (»Die amerikanische Nacht«) ist er auf rührende Weise unglaubwürdig. (G. G.: »Ich hatte Krach mit der Schauspielerin.«) In einer anderen Szene dieses Films ist eine Katze weitaus besser.

Graham haßte es, fotografiert zu werden. Das hing nicht nur mit seinem Groll gegen journalistische Ausbeutung zusammen, sondern auch mit seinem nur zu verständlichen Widerwillen, überraschend und ohne Erlaubnis abgebildet zu werden. Auch wir hatten etwas gegen zudringliche Schnappschüsse, die es einem unmöglich machten, sich natürlich zu geben. Als an einem Sommerabend bei Gemma unmittelbar vor uns ein Kamerablitz explodierte, versteckte Graham sein Gesicht hinter seiner zitternden Hand. Nur einmal, an seinem 75. Geburtstag in Il Rosaio, fragten wir ihn, ob wir die letzten vier Aufnahmen mit unserem uralten kleinen Apparat von ihm machen dürften. Graham war einverstanden, wurde aber schon nach den ersten zwei Aufnahmen ungeduldig. Im Settanni, einem alten, guten Restaurant auf Capri, das sich wunderbarerweise nicht verändert hatte, zog eine Fotomontage von Inselberühmtheiten der Nachkriegszeit seine Aufmerksamkeit auf sich: »Damals hatten sogar Filmstars noch Gesichter. Heutzutage ist jede ein Profi.«

Wie viele seiner Generation nahm es Graham mit der prompten Beantwortung von Briefen sehr genau.

Und es müssen im Laufe seines Schriftstellerlebens unzählige gewesen sein. Den größten Teil seiner Antworten diktierte er. Die Bänder schickte er nach England, wo seine Schwester Elisabeth die Abschrift und Versendung besorgte. Seine Briefe an uns, mit Hand oder Schreibmaschine geschrieben, waren selten länger als eine Seite. Sie hatten den Klang seiner Stimme und bezeugten seine Vorliebe für klare Sätze. Der Ton war nie vorsichtig. Trotz seiner Abneigung – in »Ein ausgebrannter Fall« – gegenüber »Ausuferungszeichen« benutzte er Ausrufungszeichen recht häufig. Doch seine Briefe verrieten selten die Gefühle und die inneren Turbulenzen, die man in seiner Gegenwart und im Gespräch mit ihm spürte. Später mag er wie Dr. Johnson gedacht haben: »Es ist jetzt so sehr Mode geworden, Briefe zu veröffentlichen, daß ich, um das zu verhindern, in meine eigenen so wenig wie möglich hineinschreibe.« Auf jeden Fall so wenig wie möglich vom zutiefst Persönlichen.

Mit den Jahren verlangte Grahams Handschrift von seinen Briefpartnern immer größere Konzentration:

> Verzeihen Sie mir diesen maschinengeschriebenen und diktierten Brief, aber ich habe erfahren, daß sogar einer meiner ältesten Freunde, Mario Soldati, meine Handschrift nicht mehr entziffern kann und wochenlang über das, was er nicht lesen kann, nachgrübelt.

Während der Arbeit an Elisabeth Moors Memoiren streifte Graham durch jenes Capri, für das er sich nie interessiert hatte. Man kann eigentlich nicht vom »wirklichen Capri« sprechen, da es auf Capri so viel Unwirkliches gibt, das Außenstehenden kaum zugänglich ist. Generell würde man im Zusammenhang mit Graham Greene nie von Unaufmerksamkeit sprechen. In seinen Büchern wie auch in seinen Rezensionen hatten seine Impressionen, Intuitionen und seine literarische Einsicht eine Flut unnachahmlicher Bilder hervorgebracht, auf die er sich in der Regel verließ. Das Konzept der Gelehrsamkeit oder der Forschung war seinem Temperament fremd. Er sammelte keine Fakten: Ein einziges kleines Ereignis konnte eine Menge Erkenntnisse liefern, die mit Worten bekräftigt wurden. Hatte er sich einmal eine Meinung gebildet, war daran nicht mehr zu rütteln. Gegenläufige Beweise riefen seinen Widerstand hervor.

Die Dottoressa Moor mit ihrer anmaßenden, wunderlichen Art hatte ihren Teil zu der Gestalt der Tante Augusta in »Die Reisen mit meiner Tante« beigetragen. Ich vermute, daß sie, mit Graham als Sultan, Scheherezade gespielt und ihn mit Geschichten über Capri versorgt hatte, die seinem und ihrem Sinn für Theatralisches und Absurdes entgegenkamen, wie auch seiner Vorliebe für Schelmenstücke und die Abenteuer des Einzelgängers, der eine feindliche Welt herausfordert. Wie andere Frauen in Grahams Leben hatte sie ihm gefallen, ihn von seiner drückenden Langeweile erlösen und sich seine Zuneigung erhalten wollen. Daher: Tausendundeine Nacht in Anacapri. Ihre Vitalität und ihr egozentrisches Geltungsbedürfnis treten in Grahams Buch »Eine unmögliche Frau« auf sehr sympathische Weise zutage: die frühen Jahre in Wien, das Herunterrasseln von Reisen, sexuellen Abenteuern und stürmischen Liebesaffären – und ebenso die glaubwürdigeren Erfahrungen als Ärztin. Den Bericht der Dottoressa über das langsame Sterben ihres jungen Sohnes zu lesen, ist eine Qual. Sie hat diese Tragödie auf heldenhafte Weise überlebt und gewann einiges von ihrer überschäumenden Kraft zurück, bis der Unfalltod ihres Enkelsohns sie endgültig zerbrach.

Als die Dottoressa dieser letzte Schlag traf, riet Graham ihr, sie sollte ihre Memoiren schreiben – »als Therapie«. Vielleicht war sie damals schon zu verwirrt. Ihre Geschichten über Capri sind oft pure Erfindung. Manchmal sind es auch ausgeschmückte Versionen »aus erster Hand« von bekannten Vorfällen, die sich ereignet hatten, als die Dottoressa die Insel noch gar nicht gekannt hat. Um ihre eigene verdienstvolle und gelegentlich schamlos bewunderungswürdig dargestellte Rolle hervorzuheben, benutzte sie rücksichtslos den guten Namen ehrbarer Menschen.

Kenneth Macpherson, der in vieler Hinsicht die Wahrheit hätte wiederherstellen können, war tot. Graham übernahm das Sammelsurium, wie es war, ohne Nachforschungen anzustellen, nur ungeduldig darauf bedacht, ein neues Buch in Druck zu geben. Weder

Graham noch die Dottoressa rechneten mit einer Reaktion seitens der Inselbewohner, von denen doch nur wenige je »Una donna impossibile« lesen würden.

Graham war über unsere Meinung zu diesem Buch verärgert. Wir lobten die Lebendigkeit, doch unser Vorschlag, für künftige Auflagen kleinere Korrekturen anzubringen, machte ihn wütend. Nach einigen heiklen Momenten im Verlauf des Abendessens ließen wir die Sache endgültig fallen. Am darauffolgenden Abend begrüßte er uns jedoch mit einem gereizten Lächeln: »Und jetzt habe ich einen Brief von diesem Doktor Weber bekommen.«

Giorgio Weber, dessen Wege auf Capri sich kurz mit denen Greenes kreuzten, wurde 1894 auf der Insel geboren und starb 1990 bei seiner Tochter in Florida. Wahrscheinlich verstand und liebte er Capri mehr und auf intelligentere Art als jeder andere im vergangenen Jahrhundert. Wir lernten ihn erst 1970 kennen, hatten ihn jedoch in früheren Jahren häufig auf den Inselwegen gesehen – ein vornehmer, hochgewachsener Mann mit weißem Haar, der von den einfachen Leuten gegrüßt und verehrt wurde, sichtbares Zeichen eines mutigen, außergewöhnlichen Lebens. Er hat unveröffentlichte Erinnerungen hinterlassen, denen sein an Graham Greene gerichteter Brief über die Dottoressa Moor eines Tages hinzugefügt werden sollte.

Einige Jahre, nachdem er an Graham geschrieben hatte, erhielten wir von Weber, der erfahren hatte, daß auch wir Vorbehalte gegen das Buch hatten, eine

Kopie seines langen Briefes zusammen mit Grahams ausführlicher Antwort: eine Art Doppelporträt vom Commendatore und von Don Giovanni, das in einem anderen Zusammenhang Grahams Interesse hätte finden können.

Lieber Mr. Greene,

ich bin auf Capri geboren, auf Capri aufgewachsen, hatte dort meine Praxis und war etliche Jahre Beamter des Gesundheitsdienstes, bis ich im Dezember 1929 die Insel aus politischen Gründen verließ und in die Vereinigten Staaten auswanderte. Aus diesem Grund hat es mich verständlicherweise sehr interessiert …

Graham war es nie in den Sinn gekommen, daß ihm die Vergangenheit der Insel widersprechen könnte: daß ein Augenzeuge auftreten würde, nicht nur um die verleumdeten Personen im Bericht der Dottoressa zu rehabilitieren, sondern auch um Zeugnis abzulegen von herausragenden Ereignissen der Jahre 1905 oder 1925. Graham kannte die Wahrheit, als sie ihm mitgeteilt wurde, aber er konnte nicht nachgeben:

Lieber Herr Doktor Weber,

vielen Dank für Ihren langen und höchst aufschlußreichen Brief, den ich zusammen mit einem Exemplar von »Eine unmögliche Frau« aufbewah-

> ren werde. Selbstverständlich war mir bewußt, daß die Erinnerungen der alten Dottoressa manchmal ungenau waren, und daß sie sich manchmal einbildete, sie sei dabei gewesen, wenn sie von diesen Vorgängen auch erst später gehört hatte …

In einem vergleichbaren Fall hat Martin Stannard einmal über Evelyn Waugh gesagt: »Gesunder Verstand hing davon ab, daß er recht hatte.« Ein solcher gesunder Verstand ist an sich schon eine Form der Verirrung. Grahams Antwort auf Webers unbeantwortbaren Brief brachte wie beabsichigt eine lästige Stimme zum Schweigen. (Weber schrieb uns: »Ich war versucht, ihm zu antworten, gab es dann aber auf, weil ich erkannte, daß er für mich nicht zu fassen war.«) Graham dürfte Webers Brief beiseite gelegt und vergessen haben, doch er wußte, daß er unanfechtbar war. Bei all seiner Vorliebe für das Unvorhergesehene hätte Graham es zum Beispiel sicherlich nicht begrüßt, wenn Weber die Schilderung der Dottoressa von Fersens Beerdigung berichtigt hätte, und auch nicht, was die »kleine Dose mit Opium betraf, die Fersen mir aus unbekannten Gründen schenkte – ein Scherz, eine Laune … Viele Jahre später gab ich diese Dose Graham Greene …« Graham erfuhr jetzt von Weber, daß

> zu dem Zeitpunkt, als die Dottoressa sich 1927 in Anacapri niederließ, Baron Fersen bereits seit fast vier Jahren tot war.

Ich dürfte es wissen, da ich selbst seine Leiche präparierte, bevor sie zur Verbrennung nach Rom geschickt wurde.

Weber, der sein Auskommen verloren und sein Leben riskiert hatte, weil er offen gegen den italienischen Faschismus protestierte, muß die Behauptung der Dottoressa, auf Capri sei von der Diktatur »nichts zu merken gewesen«, mit bitterer Ironie gelesen haben. Da die Insel ständig von angesehenen Ausländern besucht wurde, war sie Mussolini in der Tat als Aushängeschild wichtig. Mussolini selbst hatte seinen alten Kameraden Marino Dusmet als faschistischen *podestà* nach Capri geschickt. Der Parteisekretär Teodoro Pagano, ein junger Capreser Hotelbesitzer und ehemaliger Mitschüler Webers, war nominell der führende faschistische Funktionär der Insel; doch es war Dusmet, der hinter seiner menschenfreundlichen Fassade die schändlichen Entscheidungen traf und die grausamen Befehle erteilte, während Pagano, wie Weber erklärte, dazu diente, »die schmutzige Arbeit zu tun«. Weber wurde ins Exil getrieben: »So wurde mein Leben geteilt – in zwei Hälften, die nie mehr eins werden konnten.«

Im Herbst 1943, als die Alliierten Streitkräfte die Küste Neapels erreichten – Weber sollte bald darauf als Sanitätsoffizier der US-Armee zurückkehren –, entschwand Dusmet nach Mexiko oder Kalifornien: Er löste sich in Luft auf, wie es damals hieß. Ein Vierteljahrhundert später tauchte er auf ebenso unerklärliche Weise wieder auf. Anscheinend besuchte er Italien im Schutz einer Immunität, jedenfalls kam er einige Jahre lang regelmäßig nach Capri. Er und seine amerikanische Frau saßen oft in Gemmas Restaurant in unserer Nähe; sie wurden voller Ehrfurcht von bestimmten älteren Capresen gegrüßt, die an seinem Tisch stehen blieben – wohl, um ihn an die gute alte Zeit zu erinnern und ihm zu vergewissern, daß seit seinem Weggang auf der Insel die Hölle los war.

Nach seinem Verschwinden während des Krieges hatte Dusmet es Pagano überlassen, die Suppe auszulöffeln. Dr. Weber, der zu dieser Zeit nach Capri zurückkehrte und herzlich willkommen war, erfuhr, daß Pagano in Neapel als Gefangener hinter den dicken Mauern von Castel Capuano das Urteil des Alliierten Gerichtshofes abwartete. Dr. Weber berichtete den Alliierten Behörden von Dusmets Flucht und Paganos untergeordnetem Status und konnte so Paganos Freilassung auf Bewährung erwirken.

Bis er weit über Neunzig war, verbrachte Giorgio Weber den Herbst im Hotel Gatto Bianco, wo er in dem hübschen Garten abwechselnd Verwandte, Freunde, Historiker und Bewunderer empfing. Unter den Besuchern war auch sein ehemaliger Mitschüler Teodoro Pagano, der mit Weber Erinnerungen an ihre gemeinsame Kindheit auf der Insel austauschen wollte. Weber sagte zu uns: »So etwas kommt vor, wenn man neunzig ist. Aus unserer Schulzeit sind nur drei übrig geblieben. Und nun sitzen Pagano und ich da und tauschen Erinnerungen aus, die selbstverständlich etwas lückenhaft sind.«

Wir fragten ihn, ob Pagano wußte, daß Weber seine Freilassung aus Castel Capuano erwirkt hatte.

»Ja, er weiß es.«

»Hat er je darüber gesprochen?«

Ein leises Lächeln: »Nein.«

Teodoro Pagano überlebte Giorgio Weber um mehrere Jahre. Er starb im Alter von 103 Jahren, bis an sein Ende ein unbeugsamer Faschist.

Das Capri, das Graham Greene 1948 kennenlernte und das ich wenige Jahre später zum ersten Mal sah, hatte noch viel mit der Insel aus der Zeit von Giorgio Webers Geburt gemein, und auch noch mit dem Capri, das seit dem 17. Jahrhundert Reisende aus dem Norden Europas aufsuchten. Der seit der Antike bestehende Ruhm und der Zauber dieser Inseln waren es, was die Menschen anzog. Capri lag in Sichtweite einer mächtigen Stadt, die ihrerseits eine Hauptstadt der Zivilisation war. Joseph Addison, der 1701 nach Italien kam und sich längere Zeit in Neapel aufhielt, konnte es sich, wie er schreibt, »nicht versagen, eine kleine Reise zur Insel Caprea zu machen«. Bei seiner Ankunft entdeckte er zwischen Capris gebirgigen äußeren Enden die fruchtbaren weiten Flächen, »bedeckt mit Wein, Feigen, Orangen, Mandeln, Oliven,

Myrte und Weizenfeldern, die überaus frisch und schön aussehen und die lieblichste kleine Landschaft ausmachen, die man sich vorstellen kann«. Seine Beschreibung entspricht ganz der Sicht, die der deutsche Künstler Jacob Philipp Hackert 1792 malte. Und vieles, was dieser Darstellung glich, trafen die Reisenden auch noch um 1960 an.

Für Hackert – wie für Addison neunzig Jahre vor ihm – war das langgestreckte Band der sogenannten Scala Fenicia – Phönizische Treppe – das sich am Westhang des Monte Solaro entrollt, wahrscheinlich von größerer Bedeutung, als man heute glauben möchte, denn damals war es die einzige direkte Verbindung zwischen Anacapri und dem Haupthafen, ein mühsamer Weg, den Anacapris Männer, Frauen und Kinder mit ihren Lasten auf dem Kopf beschritten. Diese über achthundert steilen Stufen wurden mehrere hundert Jahre vor Christus von griechischen Siedlern aus dem Fels geschlagen, später, zu Zeiten von Kaiser Augustus, von den Römern ausgebaut und erst 1877 durch die zwischen den beiden Städten gebaute Wagenstraße ersetzt. Bis in die vierziger Jahre dieses Jahrhunderts wurden sie täglich benutzt, und erst kürzlich hat man sie für ihr drittes Millenium instand gesetzt.

Aus Grahams Bearbeitung der Erinnerungen der Dottoressa Moor geht eindeutig hervor, daß er von der Existenz dieser antiken Stufen nichts wußte, da er den Namen »Phönizische Treppe« auf die modernen Stufen aus Schotter und Zement anwandte, die lediglich die Serpentinen der Straße nach Anacapri, die in östlicher Richtung zu einem anderen Teil der Insel führt, miteinander verbindet.

Der als »frisch und schön« bezeichnete Anblick Capris ist trotz der weißen Waben rechteckiger neuer Häuser erhalten geblieben, und sein erratisches Fortbestehen wird in den Gemälden ganzer Generationen von Malern bezeugt. In der Vergangenheit spiegelten auffallende Veränderungen der Landschaft vor allem die Abholzung und Neubepflanzung von Capris Wäldern wider, die vorwiegend aus Stechpalmen und Pinien bestanden und regelmäßig für Weideland, Heizmaterial oder aus unvorhergesehenen Gründen geopfert wurden, so im Ersten Weltkrieg, als Capri, durch den geschwundenen Tourismus nahezu bankrott, wieder einmal auf seine natürlichen Ressourcen zurückgreifen mußte.

Daß diese Insel, etwas mehr als sechs Kilometer lang und mit einer Grundfläche von knapp elf Quadratkilometern dem zunehmenden Tourismus von nun nahezu drei Jahrhunderten gewachsen war, bleibt eines ihrer Rätsel. Die *Grand Tour*, die Reise bildungshungriger »Milords« im 18. Jahrhundert, brachte viele wohlhabende Briten und ihr Gefolge nach Neapel, als zwischen 1730 und 1740 die vom Vesuv verschütteten Städte Herculaneum und Pompeji ausgegraben wurden. Dieser Zustrom wurde von einer Woge von Malern und Schriftstellern begleitet, die Neapel und seine Umgebung in der ganzen Welt bekannt machten und damit immer mehr Menschen zu Reisen an den illustren Golf anregten. Anfangs war Capri ein beliebter Tagesausflug von Neapel aus, später begann die Insel, Besucher anzulocken, die Unterkünfte für einen längeren Aufenthalt suchten, und der Gedanke, auf Capri zu überwintern, kam nicht nur englischen Familien, sondern auch Russen, Deutschen, Skandinaviern und Amerikanern, von denen etliche lange Jahre auf der Insel lebten und schließlich dort starben, wie ihre Gräber bezeugen. Gegen Ende des 19. Jahrhunderts und bis Mitte der zwanziger Jahre wurden am Rand der Stadt Capri schöne Häuser gebaut, meistens für reiche Ausländer. Es entstanden komfortable Hotels und kleine Pensionen, und schon 1907 klagte Rilke über diese Plage.

Damals war der Winter in Süditalien mit seinen kurzen Tagen und der feuchten Kälte die bevorzugte Saison der Besucher. Gutsituierte Reisende aus nördlichen Ländern, die in den Süden kamen, erfreuten sich der verhältnismäßig milden Temperaturen und der kürzeren Dauer des mediterranen Winters; sie erfreuten sich an Palmen, Pinien, Kamelien und genossen die regelmäßige Überraschung eines warmen, hellen Morgens. Dieses Maß an Aufschub genügte. Die herausgeputzten, in ihr Korsett geschnürten Frauen und ihre Backenbärte und Westen tragenden männlichen Gefährten hatten noch nicht den Hang, sich auf Terrassen oder Stränden zu entkleiden; auch konnte bis zur alles zerstörenden Explosion des Ersten Weltkriegs eine sich auf Pflichtbewußtsein, Frömmigkeit und Anstand berufende Gesellschaft, die in nördlichen Ländern beheimatet war, nicht ohne weiteres ein Leben führen, in dem Müßiggang, lockere Bekleidung und ein egoistischer Hedonismus dominierten.

Es gab auch andere Gründe, warum Ausländer auf Capri überwinterten. Der Glaube an die heilenden Kräfte des südlichen Klimas – derselbe Glaube, der den sterbenden Keats bewog, nach Rom zu reisen –, brachte Kranke in die Kurorte in der Umgebung von Neapel. Auf Capri dienten die neuen Hotels zugleich als Sanatorien für vorübergehend anwesende schwindsüchtige Patienten. (Capris größtes Hotel, das Quisisana, heute erheblich ausgebaut und nach wie vor das feinste Hotel der Insel, bezog seinen Namen von einem italienischen Diktum, das besagt: »Hier wird man gesund.«) Andere Reisende kamen nach Capri, um sich gesellschaftlicher Ächtung zu entziehen: unverheiratete Liebespaare, homosexuelle Partner und, seltener, Paare unterschiedlicher Rasse. Und schließlich waren da die Einzelgänger, die blieben, weil sie die Insel lieb gewonnen hatten.

In den ersten Jahren des 20. Jahrhunderts bildeten diese jeweils für eine Saison kommenden Gäste eine »Kolonie« von einhundert bis zweihundert Personen, wobei das ganze Jahre hindurch Tausende von Cook-Reisenden und andere Ausflügler die Insel als Tagestouristen besuchten. Von den Mitgliedern der polyglotten »Kolonie« waren die meisten mondän und solvent. Unter den Vermögenden waren Mitglieder des schwedischen Königshauses und der englischen und russischen Aristokratie. Aus Deutschland kamen Finanziers und Industrielle: Für zwei von ihnen, den Bankier Andreas und den Waffenfabrikanten Krupp, sollte die Leidenschaft für Capri mit einer Tragödie und Selbstmord enden.

Die Engländer, die eine Zeitlang überwogen, wurden später zahlenmäßig von den Deutschen übertroffen. In der Zwischenzeit waren es die Russen, die das ganze 19. Jahrhundert hindurch in immer größerer Zahl auf Capri überwinterten. In einem Brief aus dem Jahr 1871 berichtete Turgenjew einem Freund, die Insel sei

> … ein Wunder. Ja, ein Wunder! Und nicht, weil es die wunderbare Blaue Grotte besitzt, sondern weil diese Insel verzaubert ist, ein Tempel der Göttin Natur, die Inkarnation der Schönheit … Ich war dreimal auf Capri für längere Zeit, und ich sage Dir: Der Eindruck davon wird mir bleiben bis zum Tode.

Auf die wohlhabenden Russen, die Ende des 19. Jahrhunderts unter den Ausländern zahlreich vertreten waren, folgten bald unvermutete Scharen ihrer Landsleute.

Nach dem Scheitern der revolutionären Bewegung von 1905 suchte eine Flut russischer Intellektueller, Reformer, Aufständischer und Bolschewiken Zuflucht im

Westen. Viele kamen nach Neapel, wo sie auf einer Anhöhe oberhalb der Stadt eine russische Enklave bildeten. Etliche trafen nahezu mittellos auf Capri ein, wohin Maxim Gorki sich 1906 ins Exil zurückgezogen hatte. Gorki wurde ihr Gönner, und mit den Erlösen der europäischen Ausgaben seiner Bücher mietete er für sie ein Haus und andere Unterkünfte in der Nähe von Marina Piccola. So kam es, daß die kleine Insel einige Jahre lang zwei verschiedene Rußlands beherbergte.

In einem Brief an Fjodor Schaljapin aus dem Jahre 1911 schrieb Gorki:

> Die ganze Gegend ist voller Russen. Überdies bin ich mit ihnen verfeindet, und sie würden sich keine Gelegenheit zu einem Skandal entgehen lassen, und sei es nur, um mich zu piesacken. Zu den auf der Insel Ansässigen kommen jede Woche noch Massen von Touristen aus Rußland, sie kommen in Herden, fünfzig auf einmal, ein wilder, vulgärer Haufen.

In jenen Jahren empfing Gorki eine Reihe russischer Künstler und Schriftsteller – darunter Schaljapin und Iwan Bunin, dessen Novelle »Der Herr aus San Francisco« auf Capri spielt. 1908 und 1910 war Lenin bei Gorki zu Gast, zum Entsetzen der angeblichen »Geheim«-Polizei, die aus Rom geschickt worden war, um ein wachsames Auge auf die Revolutionäre zu haben.

Die ausgedehnten Besuche Lenins in Gorkis hübschem Haus mit Blick auf die Piccola Marina sind in die Legende Capris eingegangen, wie auch die Besuche vieler mächtiger und einiger monströser Persönlichkeiten. Noch bis vor wenigen Jahrzehnten gab es Inselbewohner, die sich an die »russischen« Jahre Capris genau erinnerten, besonders an Lenins Aufenthalt in der Via Mulo. In den siebziger Jahren wechselte Francis hin und wieder ein paar russische Worte mit einer alten Capresin, die als Tochter von Gorkis Gärtner auf Lenins Knien ein paar russische Brocken gelernt hatte. Lenin hatte ihr Sätze wie »Was kostet das?«, »Wir geben keinen Rabatt« auf russisch beigebracht – in weiser Voraussicht der Zukunft des Kindes als Capreser Ladenbesitzerin.

Ihrer langen Tradition entsprechend war die Insel all diesen Fremden gegenüber sehr gastfreundlich. Die Politiker im *Municipio* waren verschlagen und habgierig, doch insgesamt begegneten die Einheimischen ihren ausländischen Gästen tolerant und zuvorkommend, womit sie den im Exil lebenden Ausländern jener Jahre die Existenz ermöglichten. Darüber hinaus vermittelten die Capresen den entwurzelten Außenseitern ein Gefühl der Realität und Kontinuität, das ihnen das Leben erleichterte und versüßte. Die Einheimischen gingen ihren Riten und Aufgaben nach, sprachen ihren Dialekt und lebten ihr Leben, froh über den Wohlstand, der ihnen von den Besuchern zufloß, solange bestimmte wichtige Grenzen nicht überschrit-

ten wurden. Sie waren in der Regel nicht neugierig, in manchen Dingen dagegen unerbittlich.
Angesichts der sozialen und politischen Umwälzungen in Italien nach dem Ersten Weltkrieg wurde Capris Zukunft Gegenstand gewichtiger Überlegungen und mancher Polemik. 1922, im Schatten von Mussolinis unmittelbar bevorstehender Machtergreifung, stand bei einem historischen Kongreß die »Seele« der Insel in der modernen Welt zur Debatte. Der *Convegno del Paesaggio* war weitgehend, wenn auch nicht ausschließlich, ein futuristisches Ereignis, an dem Anhänger der Bewegung teilnahmen, die den italienischen Faschismus inspiriert hatte. Filippo Marinetti als ihr Star zog gegen die Banalitäten der Natur ins Feld und pries wortreich die Vorteile der Glühbirne gegenüber dem Mond. Der führende Vertreter der Inselhierarchie war Edwin Cerio, der sich in einer – bei ihrer Veröffentlichung nicht gezeichneten – Einführungsrede erlaubte, »die jüdischen Banken« zu verdammen, »die als Leichenfledderer des vergangenen Krieges in einem Augenblick äußerster Demoralisierung und Schwäche der Insel über Capri hergefallen« seien. Auf einem anderen Niveau brachte der *Convegno* allerdings wesentliche Fragen zur Sprache, zu deren Lösung er – wie die meisten solcher Versammlungen – jedoch nichts beitrug. Die Dokumentation, die inzwischen von Capris Libreria Conchiglia neu aufgelegt wurde, ist nach wie vor ein aufschlußreiches Werk, was die geschriebene Geschichte der Insel angeht.

Am Ende war es der rurale Charakter des Insellebens, der das stärkste Band zwischen Capris langer Vergangenheit und den Jahren des Umbruchs war, die auf beide Weltkriege folgten. In den fünziger Jahren hatte Capris moderner Wohlstand bereits eingesetzt, doch da war unverändert die alte Garde derer, die das Land bearbeiteten und im umliegenden Meer fischten. Und auch diejenigen, die inzwischen Hotels, Restaurants oder Läden besaßen oder dort beschäftigt waren, konnten immer noch Arbeiten auf dem Land verrichten. Zwischen den in Pucci-Mode gekleideten Sommergästen gingen die selbstbewußten Frauen mit Körben oder Korbflaschen auf den Köpfen zielstrebig über die Piazza, und Männer, die eine beladene Karre schoben oder hinter sich her zogen. Bis in die siebziger Jahre sah man, wie die schicken Gäste der Cafés sich erhoben, um dem Bullen, der von Zeit zu Zeit auf seinem Rundgang den wenigen auf dem Tiberischen Berg verbliebenen Kühen zugeführt wurde, zu applaudieren – der Jet-Set prostete ihm lärmend mit Cinzano oder Spumante zu, wenn er an seinem Maul zur Villa Jovis gezogen wurde. Die harte Arbeit des einstigen bäuerlichen Lebens machte damals einen Wandel durch und wurde reduziert, was in mancher Beziehung ein Glück war. Nach wie vor aber prägte die Natur das Leben der Insel und verlieh so ihrem besonderen Zauber einen Hauch von Ewigkeit.

In den sechziger und siebziger Jahren machte die Insel eine weitere ihrer raren Mutationen durch, diesmal als Folge eines beschleunigten Wandels – in ökonomischer, sozialer, religiöser, politischer, moralischer und ästhetischer Hinsicht –, der Italien und ganz Westeuropa ins Wanken brachte. Die Insel, die so lange ihre ländliche und eigenwillige Distanz zum Weltgeschehen gewahrt hatte, wurde jetzt zu einem Mikrokosmos der zeitgenössischen Gegebenheiten und wechselte von uralter, wenn auch manchmal unterbrochener Kontinuität zu bejahender Modernität. Auch hier gab es die Geschichten von Menschen, die am neuen Wohlstand teilhatten, von der wachsenden Zahl derer, die auf begrenztem, zunehmend urbanem Raum lebten, von Seeleuten, die dem Meer untreu wurden, und von Bauern, die ihrem Land den Rücken kehrten: Geschichten von protzigem, demonstrativem Profit und von stillen, unschätzbaren Verlusten.

Die alte Inselgemeinschaft – schüchterne Kinder, bescheidene Frauen, höfliche Männer und andere Überbleibsel eines unaufgeklärten Zeitalters – lebte in ihren Ältesten und in Erinnerungen fort; sie war geisterhaft präsent an frühen Morgen im Spätherbst oder an kalten Abenden, wenn Rilkes Sterne funkelten.

Capri hat immer Glück gehabt. Die Insel war nie von den Ausbrüchen des Vesuv bedroht und ist knapp den Schrecken des Weltkriegs entkommen, der Neapel zerstört hat. Als Urlaubs- und Erholungszentrum für Offiziere stand es unter dem Schutz zunächst des deutschen Oberkommandos der Wehrmacht, dann der Alliierten. Und in den Jahrzehnten nach dem

Krieg erlebte die Insel einen außergewöhnlichen Wohlstand, in krassem Gegensatz zu dem Elend der zerstörten Stadt jenseits des Golfs. »Wir sind ihr Amerika«, sagten die Capresen zu dem Bild, das sich die Neapolitaner von der Insel machten. Selbst in Kriegszeiten hatte das Erholungscamp für Offiziere den einheimischen Profitmachern zu günstigen Geschäften verholfen. Um dem sich schnell entwickelnden Massentourismus, der die Insel überschwemmte, gerecht zu werden und ihn auszunutzen, wurden enorme Veränderungen in Gang gebracht. Flotten neuer Tragflächenboote verdrängten die alten, gemächlichen Dampfer, und der Hafen wurde erweitert, damit er schnellere, geräumige Fährschiffe aufnehmen konnte. Die Wasserknappheit, seit eh und je eine Plage der Insel, wurde – nach einer skandalösen, korrupten Obstruktionspolitik – durch eine submarine Pipeline vom Festland behoben. Daraufhin verschwanden nach und nach die klassischen überwölbten und mit Kuppeln versehenen Bauten, die Regenwasserzisternen enthalten hatten, und von Platznot bedrängte Familien bauten die trockengelegten Räumlichkeiten zu kleinen Wohnungen mit Flachdächern um. Während der *anni di piombo*, Italiens »bleierner Zeit« in den siebziger und zu Beginn der achtziger Jahre, als politische Unzufriedenheit und Terrorismus von Links und Rechts die Nation zerrissen, blieb Capri ein sicherer, zugänglicher Ort. Die Luft und das Meer waren relativ wenig verschmutzt. Damals ließ eine durch Korruption noch geförderte Immobilienspekulation die Preise für noch so bescheidene Wohnungen schwindelerregend steigen, und sie sind seither nicht mehr gefallen. Habgier zeigte ihre Krallen, und mit dem Frischwasser kam auch das organisierte Verbrechen vom Festland auf die Insel.

Auch die Farben auf Capri änderten sich. Sommerbrände, die auf Fahrlässigkeit oder Brandstiftung zurückzuführen waren, entstellten in fast regelmäßigen Abständen die Berge. Die Abfälle der Saison verseuchten gelegentlich Land und Meer. Häuser mit tonnenförmigen Dächern, bisher mit dem üblichen elfenbeinfarbenen oder braungelben *intonaco* verputzt, wurden über Nacht weiß. Das ungleichmäßig verblichene Rosa, das abblätternde pompejische Rot und das Blaßblau des tiefen italienischen Südens schwanden dahin – und mit ihnen die grünen Schimmelspuren an den Außen- und Innenwänden der Häuser, die in den ärmlichsten Unterkünften eine übelriechende Feuchtigkeit verbreitet hatten. An Stil und alte Traditionen wurden nur wenige Zugeständnisse gemacht: Die ewige Fäulnis wurde meist nicht nur durch Komfort und Sauberkeit abgelöst, sondern auch durch würfelförmigen Schick. Die hohen Räume schöner alter Häuser wurden zu zwei Etagen umgebaut, weil es so rentabler war. Einsame Wege an den Kliffs verfielen gefährlich, während als unantastbar betrachtete Grünanlagen plötzlich neuen Hotels weichen mußten.

Auch die verschiedenen Generationen wechselten

ihre Farben. Ältere Frauen kleideten sich nicht mehr in unauffälliges Schwarz und trugen in der Kirche keine Kopfbedeckung mehr. Die jungen Leute trugen Unisex: Jeans. Viele Söhne und Töchter traten wie früher in ein Familienunternehmen ein, ein Geschäft, ein Hotel oder ein Restaurant; doch andere junge Capresen machten den Abschluß am strengen *liceo*, um dann an den Universitäten auf dem Festland Jura, Medizin, Wirtschaft oder Informatik zu studieren. Oder sie belegten an einer Fachschule auf der Insel Kurse für Hotelmanagement und Touristik. Modern ausgerüstete Fischflotten von Sardinien und anderswo kamen, um in den regionalen Gewässern zu fischen. Die letzte Olivenpresse der Insel kam außer Gebrauch: Trauben und Oliven wurden im Herbst zum Pressen nach Sorrento geschickt.

Wenn die Boutiquen und Hotels ihre Läden schließen und die Insel nach dem Sommer wieder zur Ruhe kommt, brechen die erschöpften Capresen, die früher trostlose, arthritische Winter mit dem Ausbessern ihrer Häuser oder dem Kalfatern ihrer Boote verbrachten, zu Kuren, Skiurlauben und exotischen Ferien auf. Familien mit zehn oder zwölf Kindern, wie sie früher üblich waren, gehören jetzt der Vergangenheit an; und Capris Bevölkerung bleibt bei etwa 12 000 Einwohnern konstant – das Vierfache der Zahlen, die vor einem Jahrhundert ermittelt wurden. Die Einheimischen sind heute ebenso weitgereist wie die meisten Besucher, die auf die Insel kommen.

Ein Liebhaber Capris, der diese Übergangszeiten mit ihren vergeblich bekämpften und inzwischen institutionalisierten und fortgesetzten Verstößen miterlebt hat, ist verwundert und dankbar, daß die Schönheiten nach wie vor überwiegen – nicht als touristische Annehmlichkeiten, sondern dank einer Natur, die den Verrücktheiten der Menschheit mit Gleichgültigkeit begegnet. Mögen die heutigen Dummheiten ebenso wie alte kaiserliche Höfe und die Hundertschaften fremder Eindringlinge in Vergessenheit geraten.

Ich kann mich nicht erinnern, daß wir mit Graham und Yvonne je über diese Veränderungen des Insellebens gesprochen hätten. Wir alle wußten nur zu genau über den Aufruhr in fernen Gegenden Bescheid, und man kann nicht andauernd die Hände ringen und den Zustand der Welt beklagen. Es wäre langweilig gewesen, von den bösen Ahnungen unserer Capreser Freunde zu berichten oder die von offizieller Seite begangenen Schandtaten einzeln aufzuzählen. Graham hatte seine spärlichen Informationen über Vorgänge auf der Insel im wesentlichen von der Familie, die sein Anwesen in Ordnung hielt. Sonst hatte er nur wenig Verbindung zu Einheimischen, und er versuchte auch nicht, seinen Bekanntenkreis zu erweitern. Wenn er vor dem Abendessen mit Yvonne auf der Piazza saß und uns mit einem der Inselbewohner reden sah, kam es vor, daß er uns hinterher fragte: »Wer war das?« Und er wollte wissen, worüber wir gesprochen hatten. In solchen Momenten flackerte kurz seine Neugier auf an unseren Gewohnheiten wie an denen der Capresen. Die Insel war ihm nicht ans Herz gewachsen, er besuchte sie nur, um »weg« zu sein. In Il Rosaio konnte er sein Arbeitspensum einhalten, und alle Unterbrechungen waren seine freie Entscheidung.

Francis und ich kamen außerhalb der Saison und wohnten in einem Teil Capris, in dem keine Autos fahren. Die Insel hatte uns mehr zu bieten als eine rituelle Klausur zum Arbeiten. Neue Übel oder Übeltäter konnten für uns kaum etwas am täglichen Abenteuer oder an der geschichtlich verankerten Kontinuität der Insel ändern. Unzählige *gentilezze* und Wahlverwandtschaften prägten unsere Jahre in dieser Gemeinschaft: Freundlichkeiten, die nie aufdringlich, nie unpersönlich waren. Wir hatten Taufen und Hochzeiten miterlebt und waren stehengeblieben, wenn die Totenglocke läutete. Wir suchten, je nach Laune, anregende Freundschaften oder die notwendige Ruhe: Stille lag uns angesichts des spannenden Geschehens auf Capri immer am Herzen. Als wir einmal über unser Leben in Städten sprachen, sagte ich zu Graham, daß es diese Art der echten Stille dort nicht mehr gebe. Und Graham rief: »Ich kann den sinnlosen, unaufhörlichen Lärm nicht mehr ertragen. Die Welt ist ein heiseres Radio, das einem ans Ohr gehalten wird. Stille ist jetzt das teuerste Gut auf Erden. Man geht in die Wüste, und ein Flugzeug donnert über einen hinweg.«

Francis sagte, man werde gepeinigt von lauter neuen Geräuschen – von den neu erfundenen maschinellen

Zudringlichkeiten. Die Geräusche in der Natur dagegen seien oft Teil der Stille.

Graham lachte: »Ich liebe einen Sturm.«

Die aufregenden titanischen Stürme Capris – wie wir sie genossen! Die Nächte, wenn wir geborgen in unseren Betten lagen und durch die offenen Fensterläden das fast ununterbrochene Leuchten der Blitze beobachteten, wenn Donnerschläge von den Felswänden der Berge widerhallten und in unzähligen Grotten rollten, während sich strömender Regen über die Fensterscheiben ergoß. Neapolitanische, tiberische Stürme, von Seeleuten, Bauern und den armen Leuten auf dem Festland gefürchtet; ganz altmodische Orkane, die auch heute noch den Fährverkehr für mehrere Tage unterbrechen können und den Menschen auf der Insel noch einmal die Illusion früherer Abgeschiedenheit verschaffen.

Im Hinblick auf seine Gesundheit war Graham von stoischer Gelassenheit. Er sprach lediglich von Altersbeschwerden und erwähnte beiläufig: »Ich habe eine Operation hinter mir.« Er erzählte von peinigenden Lungenuntersuchungen.

G. G.: Sie sagten, ich hätte Lungenkrebs. Das hat mich erleichtert.

S. H.: Wieso?

G. G.: Weil ich wußte, daß es nicht stimmte.

Obwohl er über Achtzig war, schien er unverändert temperamentvoll. Körperlich war er nie robust gewesen – doch die drahtige Zähigkeit widerstand dem Alter, wie sie vielem anderen widerstanden hatte. Die Jahre waren seinem »verletzten, gekränkten Gesicht« anzusehen, manchmal schien es gezeichnet von allem, was es ausgehalten, belustigt wahrgenommen, genossen, gehaßt und ausgedrückt hatte. Das Schreiben blieb immer das Zentrum seines Lebens, doch die Befriedigung, die er empfand, wenn er eine neue Arbeit abgeschlossen hatte, ließ nach und wurde auch nicht größer, wenn das neue Buch gut war und positiv aufgenommen wurde. 1978 schrieb er uns über den Roman »Der menschliche Faktor«, an dem er mit Unterbrechungen jahrelang gearbeitet hatte:

> Ich glaubte, ich hätte mir den Albatros vom Hals geschafft, aber er ist noch da und verfault langsam. Wie ich die Publicity hasse, die um dieses Buch im Gegensatz zu den anderen gemacht wird.

Alle darauffolgenden Bücher waren kurz, und wenn er sie erwähnte, hörte es sich an, als wäre ihre Veröffentlichung eine Last geworden. Die Arbeitsdisziplin allerdings blieb unvermindert.

In all den Jahren, in denen wir uns trafen und miteinander korrespondierten, war Greene, der in Antibes seinen Hauptwohnsitz hatte, ständig auf Reisen gewesen. Er schrieb uns am Vorabend einer »sechswöchigen Fahrt durch Südafrika« oder einer Reise nach Panama, in die Schweiz, nach Spanien und einmal, streng vertraulich, nach Washington. Das Reisen hatte oft einen politischen und zugleich einen literarischen Anlaß und brachte die Sorte von Hindernissen mit sich, die Grahams Interesse weckten:

> Ich bedauere, daß gewisse Vorfälle es mir unmöglich machten, nach Polen zu reisen. Mir schien, daß ich unter den gegebenen Umständen nicht die richtige Bewegungsfreiheit haben würde und daß außerdem jeder, mit dem ich spräche, bei den Behörden in Verdacht geraten könnte; daher beschloß ich, nicht zu fahren. Bedauerlicherweise haben sie wahrscheinlich »Fluchtwege« gelesen, und so dürfte bekannt geworden sein, daß ich bei meinem Besuch in den fünfziger Jahren eine goldene Uhr für einen potentiellen Dissidenten eingeschmuggelt habe und außerdem gebeten wurde, ein Tonbandgerät mitzubringen, was ich jedoch nicht getan habe.

Jetzt, in seinen Achtzigern, schrieb Graham:

> In Eile ein paar Zeilen, da ich gerade erst aus Spanien zurück bin und mich auf Rußland vorbereite …

Das unbezwingbare Bedürfnis nach Bewegung hatte vielleicht seinen Preis. Noch weniger ruhig war es, wenn Graham ein Thema näher an seinem Zuhause aufgriff. Anfang der achtziger Jahre waren er und Yvonne mit den Eheproblemen von Yvonnes Tochter Martine konfrontiert – eine komplizierte Geschichte, die Graham veranlaßte, das organisierte Verbrechen an der Côte d'Azur unter die Lupe zu nehmen. Am Neujahrstag 1982 schrieb er an Francis:

> Ich bin zu einer Attacke auf das Verbrechermilieu von Nizza übergegangen, was bedeutet, daß ich den ganzen Tag am Telefon oder am *parlaphone* bin und im Durchschnitt täglich vier Journalisten sehe, was wahrhaftig nicht nach meinem Geschmack ist … Inzwischen ist daraus ein regelrechter Kampf mit dem Verbrechermilieu hier geworden, der meine ganze Zeit in Anspruch nimmt.

Aus dieser Episode ging »Ich klage an« hervor, ein kurzes, polemisches Buch. Es hatte ein Gerichtsverfahren zur Folge, das sich viele Monate hinzog und zu einem fragwürdigen Urteil führte. Das Auf und Ab dieser Vorgänge kostete Graham viel Zeit und unterbrach den Rhythmus seiner Capri-Besuche, weil er in Frankreich den Gerichtsverhandlungen beiwohnte. Wenn wir doch auf der Insel zusammentrafen, war er außergewöhnlich gereizt. Das Böse an der Côte d'Ordure, wie er sie nannte, schien sein Bedürfnis nach einem Gegner nicht zu befriedigen. Es gab Situationen, in denen fast jede Bemerkung Streit oder entschiedenen Widerspruch auslöste. Als wir an einem solchen Abend nach Hause gingen, sagte ich zu Francis, ich hätte den Eindruck, mich in einen provinziellen Debattierklub verirrt zu haben. F. war der Ansicht, heutzutage seien alle Debattierklubs provinziell. Wir vermißten Gelächter, Bücher, die aufregenden Gespräche, vermißten, so glaube ich bis heute, Freundschaft.

Wenn wir fernblieben, fragte Graham, warum wir nicht gekommen seien. Wenn wir wie gewöhnlich erschienen, neigte er dazu, uns zu tyrannisieren. Das war oft entmutigend und manchmal lächerlich.

In jenen Jahren streunten gegen Ende des Sommers verlassene Katzen und Hunde auf der Suche nach Schutz auf der Insel herum. Wie andere Leute fütterte auch ich die Tiere, die uns über den Weg liefen, und zog Lächeln und strenge Blicke auf mich. Eines Abends wurden wir auf dem Weg zu Gemmas Restaurant von drei kleinen Jungen verfolgt, die uns mit lautem Miauen und Gekicher bis zur Piazza nachliefen. Wir lachten noch darüber, als wir das Restaurant betraten und sahen sofort, daß Graham, der möglicherweise einen zu ruhigen Tag verbracht hatte, Streit suchte. In meinem Notizheft steht folgender Dialog:

G. G. (mit blauem, funkelndem Blick): Worüber lachen Sie?
F. erklärt, daß S. Katzen füttert – eine Auskunft, unter anderen Umständen nicht freiwillig erteilt.

G. G. (zu mir, zornig): Ist Ihnen klar, daß Sie die Agonie nur verlängern?
S. H.: Ich vermute, das hat man auch dem Barmherzigen Samariter gesagt.
Schweigen.
G. G. (mit gereiztem, nachgiebigem Lachen): Nun, ich nehme an, daß der Mensch wichtiger ist als ein Tier.
Yvonne war belustigt.
Ich erinnerte mich an den Satz (aus »Das Herz aller Dinge«):

> Jemand mag einen Hund über alles lieben, aber er würde nicht einmal ein fremdes Kind überfahren, um ihn zu retten.

F., später: Ich weiß nur noch, daß wir lachend ins Restaurant kamen. Danach gab es nichts mehr zu lachen.

Bei Graham bekam eine Frau, die gewitzte Antworten gab, keine guten Noten. Wie alle kritischen Menschen beleidigte ihn der Gedanke, seinerseits von anderen beurteilt zu werden, auch wenn es nur um Nebensächliches ging. Frauen, die sich belustigt zeigten, erfüllten ihn mit Groll. Wie die Leute von Aragon in der *zarzuela* war er nicht imstande, zu vergessen, sich zu ändern oder zu heucheln.

Ich erinnere mich an ein Abendessen bei Laetitia Cerio mit Gästen aus dem Ausland. Bei solchen Gelegenheiten trug Graham statt seiner üblichen sportlichen Kleidung einen dunklen Anzug, ein weißes Hemd und eine rote Krawatte. Das Förmliche stand ihm gut. Er war in düsterer Stimmung, trank ein wenig; bei Tisch unterhielt er sich mit den unbekannten Gästen und verstummte. Einer der ausländischen Gäste war von der amerikanischen Presse, keine glückliche Wahl in Hinblick auf Graham. Nach dem Essen, ich stand schon zum Aufbruch bereit, kam er zu mir herüber. Er schnitt ein strittiges Thema an, dem ich am Abend zuvor ausgewichen war. Ich sagte ihm, wir seien nicht derselben Meinung und daß eine Diskussion darüber ihn nur ärgern würde. Daraufhin brach Graham in unbesonnenen Zorn aus. Es war einer der schlimmsten Augenblicke, die ich je mit ihm erlebte, irrational und grausam – Ausfälle eines Schuljungen.

Damals war der *mozzo* in Süditalien noch ein weit verbreitetes Phänomen – kleine Jungen, die zu allen Tages- und Nachtzeiten Briefe, Päckchen und Blumen austrugen. Die professionelleren unter ihnen konnte man dabei beobachten, wie sie, im weißen Jackett, ein kleines Tablett mit einem winzigen Espresso gewandt durch Straßenverkehr und Menschengedränge trugen. Am Abend nach dem Essen bei Laetitia schickte mir Graham eine Nachricht, die ein *mozzo* überbrachte.

> Wir hatten gehofft, Sie heute Abend zu sehen, weil ich mich für meine schlechte Laune gestern Abend entschuldigen wollte. Die Wahrheit ist – ich hatte das Gefühl, daß Laetitia (arme Unschuldige!) uns

für den Journalisten und seine grausige Frau gekidnappt hatte. Es tut mir leid, daß ich meinen Zorn an Ihnen ausgelassen habe!

Die ganze Zeit während der Verhandlungen vor französischen Gerichten stand Graham unter einem ihm ungewohnten Druck. Er hatte sich in dem Bedürfnis, gegebene Realitäten zu arrangieren, wieder einmal in einen Streit verwickelt und damit zwangsläufig sein Privatleben in Antibes der Neugier der Presse preisgegeben. Der Prozeß zog sich lange hin. Graham konnte das erwünschte Ergebnis nicht erzwingen. Doch im Gegensatz zu den meisten Menschen machte es ihm nichts aus, wenn man sich ihm in den Weg stellte.

Als Graham mit »Ich klage an« befaßt war, kam Harold Acton für ein paar Tage nach Neapel. Als Anglo-Florentiner hatte er seine Freude an neapolitanischer Energie und der wohltuenden Gleichgültigkeit der Stadt gegenüber allem modischen Dünkel. Mit seinem 1956 erschienenen Buch »The Bourbons of Naples«, dem er später einen zweiten Band über die letzten Bourbonen folgen ließ, hatte Harold Acton als erster das erstaunliche neapolitanische 18. Jahrhundert vor einem modernen, Englisch lesenden Publikum ausgebreitet. Seine Arbeit wurde 1969 durch Brian Fothergills Biographie »Sir William Hamilton« ergänzt, die diesem bemerkenswerten Mann, der bis dahin nur als der nachsichtige Ehemann der bezaubernden Lady Emma bekannt war, endlich Gerechtigkeit widerfahren ließ.

Harold hatte sich in früher Jugend einen Namen gemacht als Schriftsteller, mehr noch aufgrund seiner einzigartigen, strahlenden, »großzügigen und furchtlosen« Persönlichkeit, wie Graham es formulierte. Auch ihn hatten wir wie Graham erst als Mann mittleren Alters kennengelernt, Anfang der sechziger Jahre, als wir oft in Florenz waren und ihn regelmäßig sahen. Acton, der sich selbst als Ästhet bezeichnete, war ein kraftvoller, hochgewachsener, muskulöser Mann mit einem starken Nacken und breiten Schultern. Sein ausdrucksvolles Gesicht war bis ins Alter nahezu faltenlos. Er war fast kahl. (Schon in jüngeren Jahren in China hatte ein kantonesischer Hausdiener den Haarverlust seines Arbeitgebers so kommentiert: »Bald alles wie Gesicht.«) Harold betrat einen Raum schnell und begierig, mit dem trippelnden Gang eines Schuljungen und einer ausgewogenen Mischung aus Lebhaftigkeit und Gleichmut, die gute Laune und gute Manieren verriet. Es hieß, daß er beim Verlassen eines Raums immer anderen den Vortritt ließ. In Florenz lebte er herrschaftlich, aber ohne jede Arroganz und ohne den Wunsch, sich hervorzutun. Die allseits bekannte Höflichkeit war ein Zeichen für seine Vorstellungskraft und Freundlichkeit sowie für die große Aufmerksamkeit anderen gegenüber. Er hatte es nicht nötig »zu gewinnen«. In Gesellschaft konnte er nicht mitansehen, wenn jemand ausgeschlossen oder gedemütigt wurde.

Seine guten Umgangsformen, die ihm oft die Bezeichnung »Mandarin« eintrugen, hatte er wahrscheinlich vor den in China verbrachten Jahren erworben. Seine Art zu sprechen verriet die Brillanz und den Geist der westlichen Welt und ließ eine ungewöhnliche Aufgeschlossenheit für Ernstes wie auch für Unterhaltsames und Absurdes erkennen. Seine literarischen Vorlieben unterschieden sich nicht sehr von denen Greenes, obwohl sie bei ihm andere Quellen hatten und er sie anders ausdrückte; auch Harold war unglaublich belesen. Doch ihrem Temperament nach waren sie grundverschieden. Harold interessierte sich mit Neugier und Leidenschaft für alle Künste und für jede Art natürlicher Schönheit, ob bei Menschen oder in der Natur.

Anläßlich von Harolds Tod im Februar 1994 schrieb Alan Pryce-Jones, der ihn ein Leben lang gekannt hatte, selbst in früher Jugend habe er

> eine einzigartige Begabung zur Schau gestellt: Er konnte einen Strom blendender Reden von sich geben. Auf diesem Gebiet war er ein beispielloser Meister … ein unvergleichlicher Erbauer von Luftschlössern, der über eine wunderbare Palette verbaler Ausdrucksmöglichkeiten verfügte, die seiner Klugheit das letzte Quentchen abrangen.

Seine sonore Stimme, manchmal fast ein Singsang, war das geeignete Medium für ein reiches Vokabular, Wörter wie »schnurstracks«, »mitsamt« oder »obzwar« wurden kühn hervorgeholt und ins Spiel gebracht, Formulierungen wie »Mütchen kühlen« und »Blüten treiben« brillant ausgebreitet. So wie er »winden« oder »wüten« aussprach, meinte man, die Ws und die Windung mit Händen greifen zu können. Alles, was er sagte, war ungezwungen, unbekümmert, amüsant, amüsiert. Er unternahm nie den geringsten Versuch, ein Gespräch an sich zu reißen, er wollte das Denken und Sprechen anderer stimulieren, mehr Leben in die jeweilige Situation bringen. Jedes Zeichen von Originalität zog ihn zu allem möglichen Unbekannten hin und festigte das Band zwischen ihm und seinen Freunden. Peter Quennell schrieb: »Harold hatte das Talent, wo immer er war, die Gemüter aufzuheitern und die Atmosphäre zu elektrisieren.« Nach jedem Zusammensein mit ihm war man erfüllt von außergewöhnlicher Leichtigkeit, Toleranz und Freude.

Tragödien und Verluste haben sein tiefes Gespür für alles Schöpferische wohl noch verstärkt.

Nachdem wir »More Memoirs«, Harolds kurzen Bericht über die Torpedierung seines Schiffs 1942 im Atlantik, gelesen hatten (er hatte den ruhigen Fatalismus seiner Kameraden beobachtet und sich gefragt, »ob man im Augenblick des Ertrinkens wirklich das ganze Leben noch einmal erlebt«), fragten wir ihn nach seinen Kriegserfahrungen. Ich sagte, daß diese

Jahre ohne Privatleben an sich schon eine Qual gewesen sein mußten, doch er berichtigte mich sofort: »Aber ich habe immer so interessante Menschen getroffen!« Dann fügte er hinzu: »Und alle lasen und lasen. Auf Truppentransportern, in Kasernen, im Lazarett, überall lasen sie. Sie schrieben Gedichte und schickten sie an *New Writing*.« Das mochte ein neuer Blick auf das Leben mit der Waffe sein, doch tatsächlich wurden in John Lehmanns Zeitschrift in jenen Jahren viele Gedichte aus sämtlichen Kampfgebieten der Welt veröffentlicht.

Harold hatte schon in der Schule angefangen, frühreife und geradezu ikonoklastische Gedichte und Prosa zu schreiben. Der Jugendtraum blieb unerfüllt. Es mangelte ihm an Selbstvertrauen, und er sagte, er werde, »wenn überhaupt«, als Historiker und Biograph und als Übersetzer chinesischer Theaterstücke in Erinnerung bleiben. Er sprach bescheiden über sein Leben und seine Person. Als er eines Tages hörte, daß wir regelmäßig Uberto Strozzi besuchten, einen gebrechlichen, höchst gebildeten Florentiner, der zurückgezogen als Pfleger seines geistesgestörten Bruders lebte, rief er: »Wenn Uberto Ihr Freund ist, dann kennen Sie den interessantesten Menschen von Florenz.« Worauf Francis erwiderte: »Ich glaube, wir kennen zwei der interessantesten Menschen von Florenz.«

In La Pietra, seinem großen Haus in der Via Bolognese, wurde Harold von ausländischen Besuchern bedrängt – von Freunden, von Freunden von Freunden, von Bekannten und ihrem Kreis von Bekannten. Er war gastfreundlich und schenkte ihnen unermüdliche Aufmerksamkeit, obwohl diese Prozession von Besuchern ihm die Zeit zum Schreiben raubte. Wir schlugen vor, von unseren Gästen nur diejenigen mitzubringen, die ihn wirklich interessierten. Eines Abends kamen wir mit Ivan Morris zu ihm, den Harold als gelehrten Kenner der japanischen Zivilisation sehr bewunderte. Bei einem Spaziergang durch den Park, vor dem Abendessen, blieben wir ein paar Schritte zurück, damit die beiden sich ungestört unterhalten konnten. Ivan erzählte uns hinterher, sie hätten ausführlich über Arthur Waley gesprochen, der ihnen beiden nicht nur als hervorragender Orientalist nahestand, sondern von Jugend an zu Harolds engsten Freunden gehörte und nach dem Krieg Ivans Professor in Oxford gewesen war. Ivan hatte Harold gefragt, ob er wisse, warum Waley nie nach China und Japan gereist war, obwohl die beiden Länder die Quellen seines Lebenswerks seien. Harold antwortete: »Oh ja. Arthur hatte ständig Verstopfung.« In der ersten Hälfte des 20. Jahrhunderts dauerte eine Schiffsreise von England in den Fernen Osten mehrere Wochen, bei ungewisser medizinischer Versorgung, und so war Waley, laut Harold, gezwungen, sich nicht zu weit von Zuhause zu entfernen.

Als Harold Mitte der achtziger Jahre Neapel besuchte, hatten Freunde ein Abendessen in kleinem Kreis an der Küste von Neapel arrangiert. Bei unserer

Ankunft mußten wir feststellen, daß sich zu unserem Quintett ein Journalist aus New York gesellte, der offenbar darum gebeten hatte, sich uns anschließen zu dürfen. (»Es war der Wunsch meines Lebens, Harold Acton kennenzulernen. Ich habe jedes Wort von ihm gelesen.«) Bei Tisch legte der Neuankömmling los: Er streute Komplimente wie Konfetti aus und stellte unzählige Fragen, ohne eine Antwort abzuwarten. Schließlich fuhr der Journalist mit einer ausholenden Handbewegung über den milden Nachthimmel, die erleuchtete Bucht und den hochaufragenden Vesuv und rief: »Ich kann es nicht glauben! Da sitze ich hier mit dem Autor von ›Unter dem Vulkan‹.«

Unsere neapolitanischen Gastgeber registrierten diese widersinnige Bemerkung nicht. Francis und ich blickten aufs Meer hinaus.

Harold reagierte sofort ganz unkompliziert: »Ich habe dieses Buch nicht geschrieben. Es ist das Werk eines großen Schriftstellers. Es ehrt mich, daß Sie mich damit in Zusammenhang bringen. Das ist einer der modernen Romane, die ich am meisten bewundere, so wie ich alles bewundere, was Malcolm Lowry geschrieben hat.« Harold hatte das Feingefühl, nachsichtig mit dieser pathetischen Dummheit umzugehen. Seine Förmlichkeit war kein gesellschaftliches Verhalten, sie war Ausdruck von Takt. Er wollte sich nicht auf Kosten des angreifbaren Menschen lustig machen.

Am nächsten Abend aßen wir mit Harold allein. Wir unterhielten uns über Neapel, über gemeinsame

Freunde, über Bücher, Reisen und über Frankreich. Francis dankte Harold für seine Zusage, eine Einführung zu dem im Erscheinen begriffenen Buch eines neapolitanischen Historikers zu schreiben, wie Francis es angeregt hatte. Harold sagte, er habe mit Freuden akzeptiert: »In letzter Zeit bin ich immer mit Einführungen zugange. Das ist die einzige Möglichkeit, in Übung zu bleiben. Was das Lesen angeht, werde ich bald mit Valéry sagen können: ›*Je ne lis que les livres dont je fais les préfaces.*‹« Er erwähnte, daß er neuerdings von italienischen Verlagen lauter neue Bücher über die Herrschaft der Bourbonen in Neapel erhalte: »Ein veritabler Erguß.« Veritabel war eines von Harolds Lieblingswörtern. Francis fragte ihn, ob er, wenn er sein Buch heute neu schreiben würde, mehr Sympathie für die neapolitanische Revolution von 1799 aufbringen würde, in deren Folge eine ganze Generation junger hochintelligenter Neapolitaner brutal vernichtet worden sei.

Harold: »Eine anhaltende Tragödie, und die Welt weiß nichts darüber.« Er teilte unsere Meinung nicht, daß die Revolution vielleicht hätte gelingen können. »Sie war übereilt«, glaubte er, »und vergeblich.« Seine eigene Sicht der Ereignisse hatte er in seinen Büchern dargestellt: »Ich schrieb noch unter dem Eindruck des Krieges und stieß mich an der uniformen Linksorientierung der italienischen Intellektuellen – ein Mäntelchen, das manch einem ehemaligen Faschisten als Tarnung diente. Ich verabscheute das Schauspiel, das zum

Beispiel der Erzfaschist Malaparte in den Armen des Erzstalinisten Togliatti bot. Und dann störte mich die Konformität der Künstler, die sich alle anpaßten. Höchst entmutigend.« Später sagte er: »In meinen Anfängen wurde ich als Ikonoklast begrüßt – zu Unrecht. Heute bezeichnet man mich als einen Anachronismus, wogegen ich nichts habe.«

Als wir an diesem Abend auseinandergingen, fragte Harold plötzlich: »Kommt Graham Greene eigentlich noch nach Capri?« Man spürte deutlich, daß er sich vorgenommen hatte, diese Frage zu stellen.

Wir erzählten ihm, daß Graham gerade auf der Insel sei. »Wenn Sie herüberkommen mögen – wir könnten gemeinsam zu Mittag essen.«

Harold, sehr ernst: »Mir liegt nichts daran, mich jemandem aufzudrängen, der so wenig Freude an meiner Gesellschaft hat.«

Wir verstummten. Dann sagte Francis: »So ein Jammer!«

Harold nickte: »Eine langjährige Verbindung. Doch diesen ständigen Ausdruck des Mißvergnügens bin ich leid.«

Es paßte gar nicht zu Graham, einen so alten Freund verletzt zu haben.

Harold überlebte Greene um drei Jahre. Bei einem Besuch in Florenz, Ende 1992, sahen wir ihn zum letzten Mal. Er hatte uns zum Lunch eingeladen. Man hatte uns gesagt, daß seine Kräfte nachließen, und als wir uns im Novemberlicht der Villa näherten, hatten wir das schmerzliche Gefühl, daß es die letzte Begegnung sein würde. Es war uns bewußt, daß es nach den Zeiten des trauten Zusammenseins Abschied zu nehmen galt. Harold, der zerbrechlich wirkte, begrüßte uns wie immer. Ich hatte eine frühe, signierte Ausgabe seines ersten Prosabands »Cornelian« mitgebracht und bat ihn um eine Widmung. »Meine Liebe, das sind doch Kindereien«, sagte er, als er das Buch in die Hand nahm. Sein Namenszug an diesem Tag – er war 88 – war unverändert der gleiche wie 64 Jahre zuvor.

Bei Tisch waren wir zu sechst: drei ältere Männer mit ihren jüngeren Begleitern. Ich war die einzige Frau. Die drei Älteren – Harold, Francis und John Pope-Hennessy – sind inzwischen gestorben. Beim Essen sagte Harold zu mir: »Ich werde Florenz nie wieder verlassen. Mit der Zeit werde ich auch dieses Haus immer seltener verlassen. Das soll mir recht sein. Ich liebe dieses Haus und werde seiner nie müde.« Und dann: »Mein einziges Bedauern gilt Neapel. Der Gedanke, daß ich Neapel nie wiedersehen werde, tut mir weh.« Etwas später wandte er sich an die anderen: »Wir sprachen gerade von Neapel, das ich nicht wiedersehen werde.« Und er hob den Kopf und fing an zu singen.

Sein altes neapolitanisches Lieblingslied, im Dialekt:

Wenn in Marechiaro der Mond aufgeht,
lieben sich sogar die Fische …

Er sang das ganze Lied bis zu seinem bewegten, langsam verklingenden Ende. Er hatte eine schöne, sichere Singstimme und dieses Lied zu seinem eigenen gemacht. Ich habe es seither nie mehr gehört, ohne in Gedanken den alten neapolitanischen Worten Harolds fröhlichen Schwung hinzuzufügen. Die jungen Männer, die uns bedienten, traten lächelnd hinter ihrem Paravent hervor, um ihm zuzuhören, und als das Lied zu Ende war, applaudierten sie mit uns. Wieder einmal hatte Harold den dunklen Moment überspielt und mit Heiterkeit belebt.

Nach seinem Tod wurde er eine Zeitlang Zielscheibe für die harsche Kritik der Selbstgerechten: Opfer des neuerdings wieder aufgekommenen Schauspiels, in dem die Tugend den Irrtum anprangert. Harold war eine Spielkarte geworden, auf die man setzen konnte. Kritiker, die seine guten Taten und seine Bücher nicht kannten, verspotteten seine Neigungen und Freuden und spürten seiner Herkunft nach. Das hätte ihn vielleicht verletzt, jedoch, nehme ich an, kaum überrascht: Sein Leben lang hatte die eine oder andere Clique über ihn zu Gericht gesessen. Sollte sein Schatten hin und wieder seinen geliebten Park aufsuchen, wird er die Mondnächte dort gewiß nicht mit Groll verschwenden, sondern freudig verbringen: Er wird die grandiose Illusion der Kunst in Gesellschaft derer wiedererleben, die ihre mit ihm verbrachten Stunden zu den besten ihres Lebens zählen.

Die Krise in Antibes verebbte nach und nach. Graham und Yvonne kamen wieder nach Capri. Obwohl wir vielleicht einige der besten Augenblicke miteinander verbrachten, konnten diese Besuche kaum ein Neubeginn sein. Inzwischen gaben die Jahre und die Welt nur noch den Hintergrund für Rettungsversuche inmitten von Ungewißheiten ab. Graham sah blasser, älter aus, und jenes schmerzliche Gefühl, es könnte das letzte Mal sein, hätte wohl unsere gemeinsamen Abende durchdrungen, wäre da nicht Grahams hartnäckige Auseinandersetzung mit dem Leben gewesen. Er war in den Achtzigern, und seine Weigerung, milder zu werden, hatte etwas Heldenhaftes. Wie in seiner Jugend war er noch immer getrieben von seinem Engagement und seiner Entrüstung, und vom gerechten geschriebenen Wort.

In einem frühen Essay über Ford Madox Ford hatte Greene geschrieben, Ford habe »dem heroischen Zeitalter der englischen Literatur angehört und es überlebt«. Rückblickend schien es so, als hätte dieses Zeitalter noch etwas angedauert, und heute gelten dieselben Worte für Graham Greene selbst.

Am Ende eines warmen Tages fuhren wir mit einem der alten, offenen Inseltaxis die von schwarzen Stechpalmen gesäumte Straße nach Anacapri hinauf, um in Il Rosaio vor dem Abendessen einen Aperitif zu trinken. Wir hatten die kurvenreiche Steigung halb hinter uns, als sich das Klima plötzlich änderte: Es wurde kühler, und es roch nach grüner Vegetation.

Und wer den Mut hatte, einen Blick in die Tiefe zu werfen, konnte die römischen Ruinen am Küstenrand in der Nähe von Augustus' Hafen sehen. Tatsächlich war es das letzte Mal, daß wir nach Il Rosaio kamen. Von Grahams Dachterrasse blickten wir auf einen überdimensionalen Sonnenuntergang über Ischia, auf glühende weiße Wände, ummauerte Gärten, die Küste, das Meer, den Himmel: eine Feuersbrunst, von der nur Graham sich keinen Kommentar abnötigen ließ.

Zu Fuß gingen wir zum Restaurant Rondinella und nahmen an einem Tisch am Ende der schmalen Terrasse Platz. Das Lokal füllte sich schnell, doch wir waren unter uns, abgesehen von einem einzigen kleinen Tisch neben uns. Graham war gut gelaunt und zufrieden. Unser Gespräch kreiste um Henry James.

James war zu Beginn des 20. Jahrhunderts nach Capri gekommen. In literarischer Hinsicht hatte er der Insel, könnte man glauben, gerade noch gefehlt. Eines Tages, der Himmel strahlend blau, stand er auf einem knarrenden Dampfer, der sich nach und nach »der großartigen Insel näherte – schön, schauerlich und geisterhaft«. Schön – das war nicht zu bestreiten; geisterhaft – das schien etwas ausgefallen; schauerlich, so sagt uns James, wegen ihres Kaisers in der Antike und wegen seiner Opfer – ein spannender Fortsetzungsroman zu Tiberius' Zeiten. Vielleicht, so meinte Francis, auch schauerlich in der alten Bedeutung des Wortes, »furchteinflößend«, wie ein Wasserfall oder ein Abgrund im Italienischen heißt – *un orrido.*

Graham interessierte sich für das Wort, aber dann sagte er: »Mir ist mit James etwas Sonderbares passiert.«

Kein Zusammensein mit Graham war wie das andere, dafür sorgte er selbst. Aber es war ein vertrauter Augenblick – eine angenehme italienische Abendszenerie, gerahmt von Spalierwein, ein junger Mann am Nachbartisch, der seinen *Corriere* las, die Liebespaare auf der Straße zu unseren Füßen. Graham kam auf Henry James zurück.

Er erzählte, er habe »nach einer lebenslangen Faszination« festgestellt, daß er die späten und bedeutendsten Romane von James – »Die Flügel der Taube« und »Die goldene Schale« – nicht mehr lesen könne. »Und jetzt übe ich genau die Kritik, die ich früher als philisterhaft verabscheute – daß seine Art zu schreiben selbstverliebt, geschraubt, flach ist, daß die Geschichte nur mühsam vorankommt, ihre Spannung verliert. Ich habe diese Bücher lange Zeit sehr geliebt. Und jetzt kann ich sie nicht mehr lesen.«

Konnte es nicht eine vorübergehende Stimmung sein? »Nein, nein, ich kann das Gefühl für sie nicht wiederentwickeln. Die Erzählungen und Briefe bleiben hinreißend, ebenso ein paar von den anderen Romanen. Aber ich glaube nicht, daß ich diese letzten Bücher noch einmal lesen werde.«

Er sprach dann wunderbar über James' Erzählungen und Novellen, von denen er die frühen und fast unbekannten ebenso wie die berühmten erwähnte. Als ich über die Erzählung »Im Käfig« sagte: »Es wäre vielleicht besser gewesen, wenn sie sich nicht begegnet wären«, fragte Graham: »Glauben Sie, die Geschichte wäre dann besser geworden? Ja, vielleicht – aber vollkommen anders.« Als Francis sagte, vielen von James' Erzählungen liege ein deutlich vermittelter Terror zugrunde, lächelte Graham befriedigt: »Ja, sehr stark, in großen Teilen seines Werks.« Er sprach von den Träumen, die James erlebt, zueinander in Beziehung gesetzt und in seinen Arbeiten verwendet habe. Grahams Interesse daran mag Einfluß auf sein kleines, späteres Buch über seine eigenen Träume gehabt haben.

Die beiden Männer unterhielten sich über »The Jolly Corner«, James' schwieriges Meisterwerk über Furcht und Selbstenthüllung. Graham wandte sich mir zu und fragte: »Und Sie, was halten Sie von ›The Jolly Corner?‹«

Ich antwortete: »*Un orrido.*«

Da der Abend bisher so angenehm verlaufen war, schien der Moment gekommen, in dem Greene aufbrausen würde: Er verfügte nach wie vor über ein ganzes Arsenal von Knüppeln, die er einem zwischen die Beine werfen konnte. Man war sich dessen ständig bewußt, doch die Mahlzeit ging freundlich zu Ende, und Greene bat um die Rechnung.

Dann, völlig unvermittelt, mit theatralisch dröhnender Stimme: »Hier im Restaurant ist ein Spion.«

Die Leute starrten uns an. Wir selbst, Francis und ich, waren freilich nicht erstaunt.

»Der junge Mann hier hat uns belauscht. Er hat seit einer halben Stunde keine Seite umgeblättert. Er hat uns beobachtet.«

Es wäre sinnlos gewesen zu sagen: »Graham, er weiß doch bestimmt, wer Sie sind – warum sollte er nicht zuhören, wenn Sie über Henry James sprechen?«

Der junge Mann stand auf und ging.

Peinlich.

Graham sagte: »Vielleicht verfolgt er uns und ist uns nachgeschlichen.« Natürlich wußte er genau, daß dem nicht so war.

Am nächsten Abend bei Gemma fragte ihn Francis: »Haben Sie den jungen Mann noch einmal gesehen?«

Graham lachte.

Im gleichen Jahr schickte uns Yvonne nach ihrer beider Abreise mit einem Brief einen Artikel, den sie uns an dem Abend im Rondinella versprochen hatte. Sie erwähnte ihre hektische Rückkehr nach Antibes, wo »*le calme et la tranquillité de Capri, eux aussi semblent loin*«. Sie hoffe, schrieb sie, auf eine neue Begegnung im kommenden Jahr. Doch 1989 schrieb uns Graham: »Es tut uns leid, daß wir Sie verpassen. Die Reise wird immer anstrengender, und wir tragen uns mit dem Gedanken zu verkaufen.« Il Rosaio war seit über vierzig Jahren in seinem Besitz. Das Haus hatte ihm länger als jedes andere Zuflucht geboten.

Wir blieben brieflich in Kontakt, und gelegentlich telefonierten wir. Grahams Stimme klang oft entrückt und erschöpft, seine Energien ließen nach. Er zog mit Yvonne in eine Wohnung in der Nähe von Genf, weil er dort die nötige ärztliche Betreuung hatte. In einem Brief vom August 1990 schrieb er uns:

> Es ist sehr traurig, daß ich Il Rosaio verkaufen muß, doch die Reise wurde wirklich zu viel, und außerdem bin ich sehr krank gewesen, Anämie und Lungenentzündung. Ich brauche Bluttransfusionen alle zwei Wochen, und alle drei Tage Vitaminspritzen, aber ich hoffe, daß ich irgendwann aus dieser ermüdenden Situation herausfinde. Yvonne und ich grüßen Sie herzlich.

In einem Postskriptum fügte er hinzu – möglicherweise um die Nüchternheit der Mitteilung zu mildern: »Vielleicht kann ich Sie und Francis eines Tages an einem Ort treffen, der nicht so weit entfernt ist wie Capri.«

Als wir uns am 4. April 1991 in New York unser Frühstück machten, stellte ich der Nachrichten wegen das Radio an. Die erste Meldung berichtete von Grahams Tod. Er war am vergangenen Abend gestorben. Wir hatten damit gerechnet. Und doch sagte Francis: »Es ist ein Schock.«

Im vorangegangenen September hatte die italienische Tageszeitung *La Repubblica* den Tod von Alberto

Moravia mit der Schlagzeile »Senza Moravia« (Ohne Moravia) gemeldet. Was für Moravia in Italien galt, das galt in der Englisch lesenden Welt für Graham Greene: Es gab kaum einen gebildeten Menschen, der herangewachsen war, ohne eine Vorstellung von ihm zu haben, von seinem unruhigen, nicht zu besänftigenden Geist und seiner Fähigkeit, das Elend der Welt in klaren Worten zu beschreiben. Fast bis an sein Ende hatte er mit seinem gepeinigten Jahrhundert Schritt gehalten, ein distanzierter Beobachter, aber nicht ohne Leidenschaft, immer das Herz im Blick.

Yvonne hatte seine späten Jahre mit rückhaltloser Liebe geteilt. Jetzt schrieb sie uns: »*C'est ce ›plus jamais‹ que je n'arrive pas à accepter.*« Sie berichtete von Grahams letzten Stunden, von seinem inständigen Wunsch, ihn sterben zu lassen und von Wiederbelebungsversuchen abzusehen. Er empfand kein Bedauern darüber, daß es mit ihm zu Ende ging – »*au point que ses dernières paroles ont été*: ›Aber ich möchte jetzt gehen‹«, bevor er ins Koma fiel. Noch wenige Stunden zuvor hatte er, mit Yvonne und deren Tochter an seinem Bett, in schlichten Worten über seine Bereitschaft zu sterben gesprochen, und Martine hatte ihn daran erinnert, daß sein Werk bleiben würde. Graham erwiderte, er glaube, daß er »ein paar gute Bücher« geschrieben habe. Und: »Vielleicht wird man sich von Zeit zu Zeit an mich erinnern – so wie man sich an Flaubert erinnert.« Yvonne fragte, ob wir vielleicht eine Erklärung für diese seltsame Bemerkung hätten. Sie bleibt ein Rätsel.

Als Francis 1994 starb, beschwor Yvonne in einem liebevoll-fürsorglichen Brief unsere Abende *à quatre* – den Viererbund, von dem zwei für immer davongegangen waren. »Wer weiß, vielleicht haben sie sich inzwischen gefunden und unterhalten sich weiter über Flaubert.«

1992, nach Graham Greenes Tod, erreichte mich ein Brief von Michael Richey, von dem wir seit Jahren nichts mehr gehört hatten:

> Ob Sie sich wohl noch an das Weihnachten auf Capri erinnern, jetzt schon so viele Jahre her, als ich bei Graham Greene zu Gast war und wir uns das erste Mal begegnet sind? Wenn ich mich recht erinnere, waren Graham und ich bei einer Messe in der Kirche gewesen und tranken Kaffee in einer nahen Bar. Wir sprachen, glaube ich, über die revidierte Liturgie und den neuen Brauch, in einem bestimmten Moment seinen Banknachbarn die Hand zu reichen. Graham hielt es für eine günstige Gelegenheit, sich mit anderen bekannt zu machen, und zitierte ein Gedicht, blieb dann aber stecken, und Sie, aus heiterem Himmel, führten es zu Ende. Danach sind wir uns mehrmals begegnet, bei Laetitia Cerio, glaube ich, und ich bin mir nicht sicher, ob wir nicht auch den Silvesterabend gemeinsam verbracht haben. Graham war wer weiß

wohin gereist ... Es ist eine schöne Geschichte, und ich wüßte gern, wie es genau war. Um welches Gedicht und um welche Passage ging es eigentlich?

So entstand die Idee zu diesem Erinnerungsbuch.

In den frühen Jahrzehnten seines Lebens – »den Jahren der Macht« – stand Graham vielen Schriftstellern nahe. Keiner hat ausführlich oder persönlich über ihn geschrieben, und die meisten sind inzwischen tot. Über all die Jahre seines Erwachsenenlebens gibt es – außer dem, was er selber schrieb – kaum Zeugnisse, die andeuten, wie es war, sich häufig in seiner Gesellschaft aufzuhalten, mit ihm durch eine Straße zu gehen, Gedanken auszutauschen, über Literatur zu sprechen, mit ihm zu lachen und ihn so genauer kennenzulernen; wie es war, seine Stimmungen und Reaktionen zu beobachten, seine Zornausbrüche zu ertragen, Zeuge seiner Anhänglichkeit zu sein – oder ihn altern zu sehen. Auch schien es mir an der Zeit, daß eine Frau über Graham Greene schreiben sollte.

Wenn Freunde sterben, verändern sich die eigenen Referenzen: Man ist plötzlich ein Überlebender.

Inzwischen haben mehrere Biographen über Graham geschrieben. Einer von ihnen hat mit seinen Nachforschungen in über zwanzig Jahren eine Fundgrube für die Nachwelt geschaffen und sich besonders um ihn verdient gemacht. Trotzdem hoffe ich, daß noch Platz ist für die Erinnerungen von jemandem, der Graham Greene kannte, vielleicht nicht genau genug, aber doch recht gut, und der ihm auf einer Insel begegnete, die zwar »nicht der richtige Ort« für ihn war, wohin er jedoch Saison um Saison, Jahr um Jahr zurückkehrte, so daß auch er in ihre reiche Geschichte eingehen wird. Diese Erinnerungen sind verküpft mit Ansichten von der Insel und mit Erinnerungen von Männern und Frauen, die dort lebten, vor allem aber mit dem Bild zweier hochgewachsener Männer, die behaglich im Café sitzen und sich, während die Jahre vergehen, über die großen Schriftsteller unterhalten: lebendige Eindrücke, die ins neue Jahrtausend überdauern mögen – *oder ein ganz klein wenig länger.*

Danksagung

Ich danke allen Freunden und Bekannten für ihre praktische Hilfe und freundliche Ermutigung, die sie mir während meiner Arbeit an diesen Erinnerungen zuteil werden ließen. Ganz besonders möchte ich

> Nicholas Scheetz, Norman Sherry, Yvonne Cloetta, Michael Richey sowie Alison und William Parente

für großzügigen Beistand danken.

Sehr dankbar bin ich ferner

> Lily Aprile Gravino, Anna Maria Boniello, Alice Weber Cerasaro, Annetta Cinefra, Everett Fahy, Pietro Quirico, Guiseppina und Riccardo Rocchi, Raffaele und Maria Vacca, Oliver Walston sowie Ausilia Veneruso und Riccardo Esposito von der Libreria La Conchiglia, Capri

und weiter

> Lynn Nesbit, meiner Agentin und Freundin, Jonathan Galassi und seinen Kollegen beim Verlag Farrar, Straus und Giroux, New York, Mike Dibb und seinem Team bei der BBC, London, Lennie Goodings vom Verlag Virago, London.

Außderdem danke ich den Verwaltern des Graham Greene Estate für die freundliche Erlaubnis, aus

Briefen zu zitieren. Und schließlich möchte ich für Fotografien und private Dokumente danken, die mir leihweise zur Vergügung gestellt wurden.

S.H.

Zwiespalt der Seele
Roman
Aus dem Englischen von Marion Zerbst
256 Seiten

Orient-Express
Roman
Aus dem Englischen von Gerhard Beckmann
272 Seiten

Ein Sohn Englands
Roman
Aus dem Englischen von Gerhard Beckmann
288 Seiten

Das Attentat
Roman
Aus dem Englischen von Klaus Kamberger
256 Seiten

Die Kraft und die Herrlichkeit
Roman
Aus dem Englischen von Veza Magd und Käthe Springer
272 Seiten

Am Abgrund des Lebens
Roman
Aus dem Englischen von Barbara Rojahn-Deyk
400 Seiten

Unser Mann in Havanna
Roman
Aus dem Englischen von Dietlind Kaiser
240 Seiten

Heirate nie in Monte Carlo
Roman
Aus dem Englischen von Ernst Laue und Ilse Walter
128 Seiten

Das Herz aller Dinge
Roman
Aus dem Englischen von Edith Walter
334 Seiten

Das Ende einer Affäre
Roman
Aus dem Englischen von Edith Walter
248 Seiten